来了就是深圳人

王 桦 著

YUANFANG 远方出版社

图书在版编目（CIP）数据

来了就是深圳人 / 王桦著. -- 呼和浩特 : 远方出版社, 2023.9
ISBN 978-7-5555-1935-5

Ⅰ. ①来… Ⅱ. ①王… Ⅲ. ①短篇小说—小说集—中国—当代Ⅳ. ①I227

中国国家版本馆 CIP 数据核字(2023)第 178331 号

来了就是深圳人
LAILE JIUSHI SHENZHENREN

著　　者　王　桦
责任编辑　孟繁龙
装帧设计　青年作家网
出版发行　远方出版社
社　　址　呼和浩特市乌兰察布东路 666 号　邮编 010010
电　　话　（0471）2236473 总编室　2236460 发行部
经　　销　新华书店
印　　刷　三河市双升印务有限公司
开　　本　710 毫米×1000 毫米　1/32
字　　数　168 千
印　　张　7.375
版　　次　2023 年 9 月第 1 版
印　　次　2023 年 11 月第 1 次印刷
标准书号　ISBN 978-7-5555-1935-5
定　　价　58.00 元

目录

深圳城市风光

往 事

一

某日，张文宗走在深圳的街上，他刚从一郎公司辞工出来。辞工的原因说来很简单，辛辛苦苦从一个仓管员干到货仓主管再干到仓库管理部部长，那天他突然被降职为某基地的产成品仓主任。于是他对自己说不干了，便写了辞职报告。本来只想威胁一下那个主管，没想到对方立即批准，说一个月就能走，可不到二十天，新招的主任就来了。于是，张文宗只得拿着辞职手续去了财务部。

财务部的张姨是一个大好人，结算工资时，她显得很伤心。张文宗的心在滴血，在这里工作快三年，走的时候只有一个毫不相干的老太太在为自己抱不平，他在想，自己这些年为公司努力工作是不是太不值了。

坐在书城的地板上，张文宗抱着一本厚厚的管理书，费力地寻找着上面认识自己、自己却不认识的字母。当终于弄清 GMP 就是 Good Manufacturing Practice，supply chain 就是供应链，一个厚颜无耻的声音出现在他的耳畔，“只要忘记我是一个失业者，我就可以活得很自在幸福”。他跳了起来，甩掉手上的书，大步走向文学书店。扯过一本本小说，翻过来寻找出版字数，最后他看中一本王朔的新书。他恭恭敬敬地弯下腰准备把那本他未来要出版的一样厚的书放进书架。自己所在地方的人们喜欢露美，这个道理他以前不是很清楚，或者说没有时间去想，现在他明白了。

二

回想那年，张文宗住在一个属于别人的五楼。

一个晴朗的下午，他披挂整齐，奔跑在足球场上。同去的还有好几个人，起初大家都不认识，不知怎么就在一起玩，成了朋友。

开场没多久，苏萍走了过来，她身材娇小，却偏偏从足球场中间穿过来。张文宗没有留意，一脚劲射，一个高难度的弧形球横空出世，不偏不倚迎面打到她的小腹上。

苏萍捂着小腹慢慢蹲了下去。张文宗吓坏了，赶紧跑过去。她紧闭着双眼，使劲地按着小腹。

张文宗有点不知所措了。

过了很久，苏萍缓慢地站了起来，疼痛得留着泪水。

“对不起，你没事吧？”

“没事……”苏萍说话的声音很轻。

这时，她的同伴们跑过来，一个个用眼睛恶狠狠地瞪着张文宗，然后气愤地哼一声，扶着苏萍离开了。

不知为何，张文宗突然勇猛起来，带着球满场跑，一点也不觉得累，把那几个家伙折腾得上气不接下气。正准备收工，一个回旋球从远处飞来，他勇敢地跳起，来了个“狮子大摆头”，没想到跳起落下时，下巴重重地砸在那个比他矮的同学的头上，下牙又带着舌头撞在上牙上。他可怜的舌头被咬开了四个口子，鲜血顿时流了满嘴。年轻气盛的他狠狠地将一口鲜红的血水准确地射向球门，那动作让他至今还觉得很潇洒。

为维护自己的形象，张文宗不断地吞服着自己的鲜血，爬上五楼时感觉到满肚子都是血了，于是他哈哈大笑起来，笑得隔着钢筋水泥的邻居老太太都咳嗽了。他脱了衣服，倒在床上满脑子都是苏萍的影子。接着就是从小到大的情景，像故事片一遍遍地重复上演。演到第十遍的时候，张文宗觉得肚子有点饿了。胡乱地搅了搅杯子里的糖水，他便将它和着自己的血一起咽了下去。

下半夜起风了，张文宗突然有了一种强烈的欲望，要去做一件让人吃惊的事情，于是心里很放松，很快便睡着了。在梦里，他梦见了不一样的自己——

在梦里，张文宗穿了那件黑黑的当时很流行的蝙蝠衫，看起来有点像佐罗，一步步地走下楼梯。

四楼的老张实在不是东西，蜂窝煤摆在楼道上不算，一张竹床还挂在楼道顶上。每个从这儿过的人都必须钻过那张他去世的爹躺过的竹床。当张文宗穿过那张竹床向楼道拐角走去时，突然记起自己还没有带钱，急匆匆跑上五楼搜出了自己所有的存折。

走在宿舍大院里，张文宗的脚步很轻盈，他摘下眼镜向远处扔出去时听到了那个据说是德国进口的镜片破裂的声音。他又笑了，走上去，双脚使劲地踩了下去。

银行就在大院外不远，张文宗把六个存折一起塞进了窗口。

“全部取出来。”他说。

窗口里面的人没有说话。

“全部取出来，销户。”他又说。里面还是没有说话，于是张文宗伸头去看。

他看到了一颗微秃的脑袋，正在聚精会神地看书。

“销户！”张文宗大声喊。

“全部取出来，销户。”他又补充了一句。

“销户？”

“对，我要搬走了。”

那人把书放进抽屉，接过张文宗的存折。

厚厚的一叠钞票推出来，张文宗把它放进塑料袋里。

“你这臭小子！”

张文宗温柔地笑起来，手里晃着装钱的袋子，大步走向城市的“金三角”。

“金三角”不足五米宽的街道两边摆满了地摊，各式各样的东西在这里都被冠以高低不同的价格。

“多少钱？”张文宗指着一把仿真玩具手枪。

守摊的老太太瞪着一只瞎眼对他摇摇头。

张文宗指着那枪比画着。

“多少钱？”

她还是摇摇头，只伸出干枯的双手翻转了两下。

张文宗不再说话，扔给她两张钞票，拿走了那把玩具枪。

厕所里，张文宗把玩具枪绑到右小腿上，跺跺脚看有没有掉下来的可能。这时一张卡片飘到眼前，上面印着“东南亚制证公司热忱为您服务”的字样。

运气来了，要什么就来什么，自己证书丢了，正想弄张证书。从电话打过去到拿到新的证书只用了半天时间。

“就这样？”

“是啊，你这个是正版的。”

“太新了，不像是1994年的。”

“这容易！”那人把证书反扣在地上摩擦几下，“好了。”

张文宗打开证书，看到自己照片还真有点人模狗样的，便付了钱，向售票点走去。

排了半天队，终于轮到他。张文宗把钱和证件往窗口递进去。突然，漂亮的售票员激动地问道：“你就是文生——”

“是!”

周围开始乱了，无数个本子递过来，请他签名。

“对不起，今天我时间太紧，改日再给朋友们签，谢谢、谢谢!”

好不容易登上了列车，张文宗发现自己的座位上坐着一个十四五岁的小姑娘。

“文先生，你一定要给我签名，否则我——”

“对不起，今天我确实不能签。”

“我不管，你要不签，我就跳下去。”她做跳车状。

“好吧，签在哪儿？”

她兴奋起来：“签在脸上。”

于是张文宗咬破右手中指，在那个白皙的左脸上写上“007”，并潇洒地圈了一下。

整个车厢里的人都抬头看那女孩，满脸都是羡慕。

透过车窗，张文宗在越来越远的站台上发现了苏萍。她站在人群里挥着手，身上那件红色的上衣像秋天里怒放的鲜花。

抹去脸上的泪水后，张文宗靠着旁边的一位壮汉睡着了。

列车终于靠站了，张文宗伸了个长长的懒腰，迈步下了车。

接他的人把他迎进轿车，车无声地行驶在不知深浅的林荫道上，十几分钟后，一头扎进有着高高墙头的大院。

晚饭吃得很丰盛。席间不断有人送菜进来，喝到第四碗时，张文宗死活不肯喝了。

“不喝是不行的，不喝就是看不起人。”有人说。

“这碗酒要喝，理由很多。”

“好，不扯了，吃饭。”

于是，大家一起吃饭。

再次起风的半夜，张文宗悄悄地下了床。深一脚浅一脚地走着，他无暇顾及路上探头探脑的人们。守门的老伯向他打招呼，张文宗没有理会他，顺手抓过桌上的电话机。

“喂，是我，你等着，我马上就到，请准备好自己的遗书。”

放下电话，张文宗转身走向漆黑的夜里。脚下给碰了一下，顺着脚摸下去，抓起来的是一副眼镜框，上面还残留着些许德国产的纤维。他一撇嘴，鄙夷地把它扔向更远更高的天际。

快接近楼盘时，他是贴着墙根走的，据说这样不易被发现，电影里经常这样。张文宗人没有那么聪明，但极善于模仿，有人说他学什么就像什么。

快到目的地时，张文宗又一次看到了苏萍。

她站在那幢房子前的路灯下，身上穿着一套黑裙装，只有领子是白的。他隐隐约约地记起她在某个特定的环境下说过自己的身材不好，穿什么裙子都不好看，但穿黑裙子肯定不会很难看。此时她就站在那里，手里捧着一本厚厚的书，津津有味地看着。

张文宗一时呆住了，不知怎么办才好。

这时，两道雪白的灯光射过来，张文宗赶紧转过身藏好自己黑黑的身躯。

“爸爸。”是苏萍的声音。

“萍子，快上车。”

不一会儿，黑的身影钻进了黑的车驶向远处黑色的夜。

张文宗摸索着一步步走上楼梯。

张文宗悄悄地拧开门，屋里一片漆黑。

这是一个三房一厅的套间。奇怪的是屋子里散发着一股特有的清香，这种清香是他没有闻到过的。于是，他掏出打火机打着火。

光亮中他看到桌子上的相框了，里面是一张发黄的照片，一个穿着背带裤的四五岁的小姑娘，手放在裤袋里，很神气的样子。屋子里一张破沙发上扔着一套湿漉漉的足球服，旁边有一个粘了几只死苍蝇的破碗。

这时候，隔壁传来一阵咳嗽声，张文宗机警地藏身于门后，内疚自己没有受过专门的训练，到底还是陷自己于被动。

突然，卧室里的灯亮了，光从地上的门缝里漏出来。

张文宗知道自己不能再等待了。

他双手放平紧握着那把玩具枪，一脚踹开了卧室的门，雪白的灯光强烈地刺激着他的双眼……

张文宗突然从梦中惊醒过来，全身都是汗。他一直渴望自己成为万众瞩目的人物，现实却并不是他想要的那样。

三

张文宗听老人说，他们祖上原来住在古徽州今属黄山市管辖的一个县城里，那地方很富庶，不知什么原因迁居到现在老家这个地方来。

老家是赣东北一个名叫汝器的小乡村，至今他也未弄清楚这村名的来历，听说村子里以前不穷，旱涝保收，每年只是派一个人用木轮车推一车黑豆到浙江或河南换半车食盐回来就可以过年了。后来兴修水利，为保周围几个较大的村子，汝器村的田地变得高田旱低田涝起来。

四

张明生是张文宗朋友中第一个死去的人。张文宗很聪明，上学时成绩特别好。当时他个子小，总是坐在第一排，和他同桌的总是张明生，而张明生成绩不大好。

张明生和张文宗在同一个村，从小一起长大，一起掏鸟窝，一起捉鱼。

学校坐落在几座小山丘之间，四周有绿荫荫的树林，风景很美，张文宗和张明生常去玩。一天他们发现了山上有红红的野草莓，一排排地长在那里。野草莓便成了他们的点心，今天吃这一排，明天吃那一排，这样轮流着。终于有一次，张明生不够义气，告诉了碧云。

碧云是坐在张文宗旁边的女生，皮肤很白，眼睛大大的。

冬天来临时，山上再也没有野草莓吃了，每天只能拌着家中带来的腌菜往肚子塞那干硬的米饭。中午，赶着暖暖的太阳，张文宗和碧云、张明生喜欢一起到山下的水井边洗衣服。那口井里的水经常是满满的，只要稍微弯下身子就能用桶把水打起来。那天，他们三人就在那口井边洗刷。

碧云负责搓洗，张文宗和张明生轮流打水。

轮到张文宗打水时，他眼睛盯着碧云低垂的俏脸，脚下一滑，掉了下去。

是的，张文宗掉到了冰冷的井里。

碧云和张明生慌了，都伸出手来拉。

张文宗的下半身浸到水里，身上厚厚的棉袄被浸湿，身体慢慢地下沉。

张明生转身向学校方向跑去，去喊人。

“上来，上来！”碧云焦急地喊，用手抓住张文宗的肩膀。

张文宗用双手撑着水井的石壁，心中一遍遍地害怕，害怕张明生和碧云丢下他，不管他了，害怕自己就这样孤独地死去。

“碧云!”张文宗大声地哭起来，手脚开始挪动，慢慢向上撑，他努力地抬起头望着碧云明媚的双眼，脸上写满了渴望。

碧云红红的手一直努力拉着张文宗的肩膀，脸涨得通红。

当终于被抓上来，瘫在地上时，张文宗的委屈一下子涌上心头。“哇——”他大声地哭起来。

“莫哭，文子，你没事。”碧云腾出手来擦他的眼泪。

张文宗抓住她的手放到嘴上，她仿佛被感应，另一只手伸过来摸他的头。

张文宗忘记了寒冷，产生了一种从未有过的幸福。

张明生带领着一群师生跑来，他们把他抬起来向学校奔去，他努力回头看碧云。她已收拾好地上的衣服，埋头搓洗起来，旁边为她打水的是张明生。

张明生去世的那天，没有上课。据说他得了一种奇怪的病，他爸妈之前带他去医院看过，医生也无能为力。

那个学期结束，张文宗考了全校第二名，第一名是碧云。过完年，张文宗和碧云去看张明生，把从家里偷出来的酒洒在他的坟前。

后来，碧云跟着父母进了城，张文宗也考进了城里的高中，和碧云是一个学校，张文宗在三班，碧云在一班，平常来往很少，有时路上碰到都惊喜地打招呼，聊几句，说的自然是关于张明生的往事。

张文宗后来进了校篮球队。队长黄军对他特别好，经常带他出去玩。

一年一度的市中学生运动会上，他们篮球队一直打到了决赛。那天，大家都很兴奋，打得特别好。张文宗施展着臂力过人的优势，在很响亮地一巴掌打在对手脸上后，被“光荣”地罚下场。他站在边上，大声叫喊着为队友们加油，最后76比72，他们硬是获得了冠军。

大家很高兴，在黄军家吃晚饭。吃完饭，黄军留张文宗在他家过夜，他答应了。洗完澡后，他们一起出去逛街。

五

张文宗是上了大学才认识苏萍的。和他一起扩招进校的还有三个人：胖子、老刘和陈洁。

后来，胖子当了校刊编辑，张文宗做了学生会主席。

苏萍是学生会的宣传部长，他们经常一起讨论工作。有一次，她问张文宗有没有女朋友，张文宗说没有。她说肯定有，他说没有，她说不可能，他说怎么不可能。

胖子一直暗恋苏萍，为她写了一篇篇感人的文章，张文宗等人总是嘻嘻哈哈地让他请大家喝酒。

老刘在和财会系的小女生约会几次后说没意思，便和小英好起来。

陈洁居然看上一个并不漂亮的女孩，并很快发展成了恋人。

青年节学校组织电影周活动，大家都赶着为别人的故事落泪。那天晚上，老刘来找张文宗。

“文宗，是不是哥们儿？”

“怎么啦？”

“是哥们儿就跟我来。”

于是他们一起去找胖子和陈洁。

老刘告诉他们，刚才小英来找他，说她晚上看电影时跟冯辉坐一起，电影放到一半时，冯辉找她说话，掏瓜子给她吃。她吃他的瓜子，冯辉那小子便伸出手来黑暗中摸了她的手。她大吃一惊，感觉对不起老刘，电影没看完就出来了。

冯辉也跟了出来，小英哭了。

老刘被小英感动了，领着张文宗等人一起大叫着去冯辉宿舍，找他算账。

宿舍只有冯辉一个人坐在那里发呆。张文宗冲上去，揪住他的衣领，一拳打在他的脸上。

张文宗和陈洁一左一右把冯辉架到桌子上。

“冯辉，你说怎么办？”张文宗问。

“我再也不敢了。”冯辉怯怯地答道。

“这样吧，”张文宗大度地说，“你写一份保证书，保证以后不做这样的事就行了。”

“好，好，好。”冯辉鸡啄米似的点头，拿过纸写起来。

老刘看完那纸条，吐一口唾沫上去顺手贴到墙上。一挥手，他们便走了出来。站在门口，老刘突然停住，大声喊：“冯辉，出来！”

冯辉跌跌撞撞地跑过来，老刘伸手啪啪给了他两耳光。

“行了，滚吧！”

新学年开始时，张文宗他们都去接新生。

张文宗坐在一字排开的桌子中间的位子上。那些来校的学生和家长都以为他是老师，毕恭毕敬地走到他面前叫老师。

“以后还要请您多多关照。”一个瘦瘦黑黑的男孩说道。他就是余浪。

老刘突然把张文宗拉过去，对着他的耳朵说，让他给女生按外貌、气质、性格打分。旁边的苏萍听见之后，笑了起来。

张文宗说你别扯淡。

“八十五分。”一个女生走来时，苏萍对着张文宗轻声说。

“同意。”张文宗把它写在报名表的备注栏内。

王小小走过时，苏萍瞪眼难住了，没报出分数。张文宗有点奇怪，抬头看去。她是飘着柔柔的长发盈盈地走过来的，修长的只穿着一层薄丝袜的腿一直走到几乎与张文宗伸过去的腿相撞才止步，又把他们从左到右审视一遍，最后目光落到了张文宗的脸上。她低下头，微微的呼吸直直地喷出来，撞到他脸上，张文宗凝视着那张白净脸上的一双如秋水般晶莹的人眼睛，心里想起了远方淡蓝的那个东西。

“是这里报到吗？”

“是，是。”张文宗忙慌乱地答着，“你叫——”

“王小小。”她回答。

张文宗在她的备注栏里重重地写上九十五分，老刘和苏萍忍不住哈哈大笑起来。

王小小莫名地看着他们，终于也微笑起来。

六

那年假期回家的时候，张文宗心情很好，因为碧云在等他。碧云那时已经通过了招工考试，正等着上班。

张文宗的奶奶特别喜欢碧云，希望他能和碧云结婚。

张文宗告诉奶奶，他还在上学，还是学生呢。

碧云来找张文宗下棋，一开始下跳棋，张文宗下不过，于是改下象棋。碧云自信地答应了。第一局碧云就败下阵来，她气急败坏地说不下了，要张文宗明天陪她出去玩，张文宗微笑着答应了。

第二天他们进了诸仙洞。

那时，诸仙洞还未开发，没有什么照明设施，要打手电筒照路。洞里的景象真不错，手电筒照亮的地方总能让人惊喜，里面的钟乳石真的是千奇百怪。

碧云非常兴奋，大声叫着、笑着，弄得满洞都是回音，她还根据钟乳石的形状起了一些很好听的名字，什么独钓寒江雪、顶天立地、八百罗汉、武松打虎等。

渐渐地，前面的岩石变得潮湿起来，脚下也开始打滑，张文宗紧紧地拉住了碧云的手。

突然，前面出现一只白额头老虎的模样，碧云一声惊叫扑进张文宗的怀里，张文宗抱紧了她，用手电去照那东西，却见是一些稻草在几块岩石上飘动。

“没事，别怕，是石头。”

碧云却越来越紧地抱住张文宗。

张文宗双手抚摸起她的脊背。

“文宗，我冷。”她抬起头。

黑暗中张文宗看到她那双明亮的眼睛，便去吻她的唇。

她回应着张文宗。

她把头低低地埋入张文宗的胸膛……

许久，她说：“文宗，我们出去，这地方太冷。”于是他们相拥着出洞。

回家的路上，他们一句话都没有说，默默地走着。

之后的几天他们都没有见面，奶奶问碧云怎么不来下棋了，张文宗说他哪里知道。

第四天，碧云来找张文宗了，说她的家里人全出门了，叫他过去陪她。

一开始，他们也是下棋，张文宗故意输，她还是不说话。

中午，他们一起做饭，她洗菜、切菜，张文宗炒菜。盛饭时张文宗故意把一块肉放在她碗里盖上饭，她吃着吃着，吃到肉，大笑了起来。

“你那天好坏，故意……”她嘟着嘴。

“我……”

“你说，你在学校里有几个女朋友。”

“没有，一个都没有。”

“骗谁？”

“没有，真的。”张文宗说。

“哼，你太坏了。”她放下碗。

张文宗收拾碗筷，发现碧云呆呆地站在那里，他走过去，看到她的眼里闪烁着晶莹的泪花。

“怎么了？失恋了？”张文宗开着玩笑。

“什么鬼话？”她摇动着身子。

张文宗抱住她，想去吻她，她一把推开。

“碧云，我们从小一起长大，你还不知道我？”

她默默地不说话，心里却十分甜蜜。

七

张文宗高中时期除了打篮球，歌也唱得不错。那年他所在的文科班来了几个艺术生，时间不长，学声乐的老六、学表演的麻丽和张文宗玩到了一起。

那天听完张文宗唱歌，麻丽问："文子，你这声音怎么出来的？好听！"张文宗开玩笑说："怎么出来的？敲出来的啊。"

"你不考声乐专业太浪费了。"麻丽说。

"别逗我了。"张文宗心里一喜。

"不骗你，真的。"麻丽张开嘴巴，露出洁白的牙齿。

"是吗？"张文宗问老六。

"是啊。"老六忙点着头说，"麻丽说得对，文子的声音就是好。"

麻丽兴奋起来，说："老六，你教他唱歌，又一个歌坛新秀即将诞生。"

"行啊，文子，你就跟着我一起练声。"老六爽快地答应。

张文宗摇摇头，"不行吧，我可没练过。"

"不怕，不怕的。"麻丽拉着张文宗的手，"从此我们一路同行。"

那年元旦之夜，张文宗的心情糟透了，半夜起身想到教室去静一静。教室里传来声响，借着昏暗的路灯他看到老六和麻丽正抱在一起，眼镜放在旁边的桌上，摇摇欲坠的样子。

那年的高考，老六的文化课没过，张文宗的声乐专业没过，虽然文化课高出文科最低录取线很多，但还是落榜了。麻丽一路凯歌，顺利被大学录取。

去上大学的头天晚上，麻丽把张文宗约到莲花塘，说道："文子，你真的很有型，我舍不得你，我会记得你的。"

张文宗说："你别吓我，我还要去复读的。"

麻丽买来雪糕，他们默默地走回家，谁也没有说一句话。

过了些日子，没想到本打算复读的张文宗却意外地收到《录取通知书》，被补录了，要去读的大学与麻丽的学校在一个城市的南北两头。

八

那次，张文宗去找麻丽。

麻丽的学校在城市的北郊，要转车。没想到在换乘的车上，张文宗遇见了苏萍，他便挤过去坐到她后面。

车开动时，张文宗用手指戳她，她侧转身从玻璃中看后面。张文宗当时留着帅气的长发，衣服里面的比外面的长。苏萍肯定以为是某个小痞子，小嘴一嘟没理他。

他又戳她，她还是没回应。

于是，张文宗故意怪声怪气地说："苏小姐。"

她一回头，看到了张文宗。

“没关系。”张文宗说，“我这是练一指禅，已经有好几个年头了，虽然没达到炉火纯青的地步，但还不至于出人命，请放心。”

她笑起来说：“没事，你戳吧，我也练过功的，不怕。”

一路玩笑，一同下车去同一学校找老乡兼同学。

张文宗陪苏萍先去找她的同学，没想到人不在。张文宗说：“你们没有约好吗？”她说没有。张文宗只好带着她一起去找麻丽。

麻丽的学校规定男生不准进女生宿舍楼，需先登记，宿管阿姨再打电话通知人下来“接见”。张文宗正恭恭敬敬地填着表格，麻丽从楼上走了下来。

“好了，别填了，我来了。”她说。

张文宗抬头，扔下笔。

“麻丽，”他拉过苏萍，“这是苏萍。”

“你好。”麻丽伸出手。

“你好。”苏萍握住麻丽的手。

“文子，同学关系搞得挺好嘛。”麻丽调侃道。

“你瞎说什么。”张文宗瞪她。

苏萍说：“听说你们学校有个人工湖，景色好得很。”

“是啊。”麻丽拉住苏萍，“走，我们去走走。”

麻丽说她来上学时，妈妈怎么也舍不得，都哭了。苏萍说我妈也是。

“我妈也是。”张文宗说。

“你妈？你在家调皮捣蛋，全家就没有人喜欢，巴不得你早点走。”麻丽挖苦道。

“不会吧？”苏萍替张文宗解围。

“她爸妈很喜欢我，但她不喜欢。”张文宗说。

麻丽抬起手要打张文宗，他笑着躲闪开。

午饭在麻丽的学校里吃，麻丽请客。麻丽问张文宗要不要啤酒，张文宗问苏萍，苏萍说不要，张文宗就说不要。麻丽就说都不喝，那我就省了。

告别时，苏萍握着麻丽的手说：“谢谢！”

“谢什么呀！”麻丽开心地说，“都是自己人嘛，文子，你说对不对？”

“对！”张文宗点头，“自己人。”

麻丽凑上前低声对张文宗说：“你女朋友很漂亮。”

张文宗说：“是吗？”

麻丽不说话了。

回来的路上，苏萍坐到张文宗后面。

“文子。”

张文宗回头。

“你女朋友很漂亮。”苏萍说。

“她不是我女朋友。”

“那你还是喜欢她的。”

“我们只是同学，原来一起练声的。”张文宗说。

“噢。”

张文宗发现她笑起来很好看。

回到学校张文宗就把头发给剪了，留了现在这样的平头。

又一个星期天，张文宗正坐在校刊编辑部写稿，苏萍推门进来。

“怎么？不去找麻大明星了。”

张文宗故意装没听见。

她走过来拍了一下桌子，重复道：“我说你怎么不去陪麻大明星？”

“这不是有你了嘛。”张文宗说。

“好啊，那就一起去看电影。”她提着个小包。

“今天就算了吧。”张文宗说。

“什么？”她瞪大眼睛问道。

“我很累，真的——”

“是不是没钱了，”她笑起来，“没关系，今天我请客。”

“那怎么行！”张文宗顺势说。

“没事的，自己人嘛。”她还在笑。

“不是，我真的很累。我不想去。我们下棋好吗？”

“文子，你怎么了？”苏萍警觉起来。

“没什么，只是有点累。”

“要不要到医务室看看。”

“不要。”张文宗声音一下子提得很高，自己都吓了一跳。

“你——”她肩膀一抖。

“我——”张文宗有点内疚了。

“你是不是讨厌我了。”她的眼泪已掉下来了。

“不是。”

“那怎么——”

“我只是累。”张文宗申辩着。

她抓起手包，掉头就走。

“苏萍——”张文宗追过去。

她已经跑上楼了。

几天后，张文宗去参加学联会，回来才知道苏萍住院了。

赶到医院时，她正被放在手术推车上缓缓地推进手术室。

“阑尾炎。”医生很随意地对张文宗说，“割掉就好了。”

苏萍的眼睛似闭似开，不知有没有看到张文宗。

张文宗盯着她惨白的脸，目送她进手术室。随后，张文宗一下子瘫软下来，坐在那条长凳上，全身冰凉。脑袋里突然出现一摊鲜血，重叠着那张可人的脸。

仿佛过了一个世纪，手术室的门开了，苏萍被推了出来，张文宗迎上去，看到那张惨白的脸，便对她微笑。

她也在微笑。

她姐姐过来扶住手术车，张文宗停住脚步，看着那张微笑的惨白的脸消失在长长的走廊尽头。

在学联会做完汇报，张文宗赶到苏萍的病房。

进门时，苏萍正静静地睡着。张文宗不忍心叫醒她，便坐在床边看她的脸。

许久，她睁开眼睛看到张文宗，微笑着挣扎起来。

张文宗上前去扶她，把背后的枕头放好。

“对不起，我才来。”张文宗说。

“不是吧，我迷迷糊糊地看见你好像来过了。”

“没有，是她们来了。”

“没什么，你就是来了我也不记得，好痛的，一直迷迷糊糊的。”

“还很痛吗？”我问。

“现在好多了，”她说，“你来了就不痛了。”

“那我天天来。”

“不用了，我姐姐在照顾我。”她突然对张文宗说道，“文子，那天进手术室我知道一定是你来了，所以做手术时心情特别好，出来又看到了你，我很高兴，真的！”

张文宗不说话，默默地坐着。

“文子，你说话呀，你不说话我又会痛起来的。”

“苏萍，你知不知道东坡肉？”张文宗问。

“东坡肉？好吃吗？”

“好吃，是我老家人喜欢吃的，每家做宴席非要有一个东坡肉不可，每块一斤半，用稻草捆着。”

“那么大？”

“是啊，老家人说是有一次苏东坡经过我们那里，看到一个农夫被蛇咬了倒在树下，老婆在旁边哭。苏东坡便上前问了情况，转身从地上揪几把草放在嘴里嚼，吐出来放在伤口上，不一会儿农夫便苏醒过来。”

“有那么神？”苏萍瞪大眼睛。

“有啊，苏东坡在历史上就是一个很有名的医生。”

“是吗？”

“是的，最后，农夫要答谢苏东坡，便邀他到家里，买来一块一斤半的猪肉，但不知怎么烧，便去问苏东坡。苏东坡先生正在吟诗，诗里面有句什么草什么煮的。农夫误解了，于是将稻草捆着肉整个放到锅里煮。吃饭时，农夫端上肉时，苏东坡有点奇怪，农夫说这是先生的意思啊，苏东坡只得说对，便蘸着酱油吃，没想到很好吃，于是东坡肉便流传下来了。”

“你骗我。”苏萍说，“你肯定是骗我。”

“没骗你。”

“没骗我？你把苏东坡的那两句诗背出来，背出来我就信。”

“那诗我确实忘了嘛。”张文宗也忍不住笑。

护士走过来，把手放在嘴巴上，示意他们小点声说话。

苏萍瞪着张文宗，小声地问：“是不是又没钱了？”

“是的。”张文宗说。

“我就知道你又没钱了。”她递给张文宗一个钱包，“你自己拿。”

张文宗不接，她急了便把钱包塞到他手上。

“充什么好汉？我知道你没钱，以后还我就是了。”

张文宗抽出两张。

“再拿，拿五十，本来是我们看电影的储备金，没想到病了。唉！你只有去陪那麻大明星了。”

“你——”

她用小手遮着嘴笑。

看到她眉头一皱，张文宗问，“还很痛？”

“不痛，”她说，“割了就好了。”

张文宗也笑了，病房里温暖起来。

走的时候，苏萍拉住了张文宗的手。张文宗说：“别这样，这样不好。”

“自己人嘛。”她说着，又塞给张文宗一个大大的苹果。

她出院后搬到表姐家住。表姐全家去了外地，还是她少言寡语的姐姐照顾她。

张文宗隔两天就要到那里去补充营养。每次她一见张文宗，总是笑着说："怎么，又想喝鸡汤了？"

张文宗说："是。"便走进去找吃的了。

其实，她已经能下地走路了。过了几天，她姐姐便回去了。

那个星期天，他们看完一场电影回到她住的地方。

苏萍到处找书给张文宗看，她表姐夫是学日语的，书也大部分是日语的，张文宗其实根本看不懂，苏萍也看不懂。

"算了。"苏萍说，"不看了，咱们聊聊天。"

"聊什么？"张文宗问。

"随便什么都行。"

"我不知道说什么好。"

"你不是挺能说会道吗？"

"在你面前我很笨。"

"骗子，原来你还是油腔滑调。"她过来点他的鼻子。

打算回学校，他们走下楼梯，发现楼道防盗门锁上了。

"糟糕。"苏萍慌了，"我忘了这栋楼下午六点会关门，要到第二天六点才开门的。"

"叫不到人开门？"

"叫不到的，管门的阿姨回家了，这栋楼没别人了。"

他们只得退回到房间。

“今天不回去，学校会知道的。”张文宗说。

“没事的，早上车很早，能赶上课。”

“你不怕？”张文宗自己莫名地乱起来。

“有点怕，但有你就不怕了。只是这里没吃的了，我们要挨饿了。”

“找找看。”张文宗说。

那天晚上，张文宗和苏萍只吃了几块饼干，喝了几杯热茶。夜深时，她到里面大床上睡，张文宗则躺在外面的长椅上打盹儿。

那年的五一节，张文宗与几个同学一起去苏萍家，到她家时已经是晚上了。

她妈妈开门后惊喜地叫了起来：“你们怎么才到！改了车次也不说一声。”

张文宗说：“伯母好。”

“好，好，快进来，坐。”

“妈。”苏萍说，“你去看电视去，我们自己来弄吃的，文子的手艺不错的。”

“文子？”她妈妈看着张文宗。

“是的，他是我们的学生会主席。”一个同学说。

第二天中午，在同学们的刻意安排下，张文宗和她爸爸坐在一起。

“苹子生病期间，我和她妈妈都没有去照顾，多亏你们几个同学关照。来，我敬你们一杯。”

“爸。”苏萍生气的样子，“您就知道喝酒，人家还是学生，不能喝的。”

张文宗端起酒，说：“伯父，来，我陪您喝，祝您工作顺利。”

她爸高兴起来，连喝了几杯，她妈妈过来夺她爸的酒杯，她爸却死不放手。

“这老头。”她妈突然想起什么似的说道，“你们校刊上有一篇文章《老乡》，不错。”

苏萍在旁边说：“就是文子写的。”

“噢。”她妈重新打量张文宗，“不错，不错。”

回来的路上，同学们嘻嘻哈哈问苏萍她爸妈对张文宗的印象如何。

“一般般。”苏萍对着大家翻了一下白眼。

九

一阵阵悠长的锁呐声传来，有人告诉张文宗那是碧云出嫁。

回到学校，张文宗大睡了两天，有电话从师大打来，他知道是苏萍找他。

他去了苏萍表姐的家。打开那扇未关的门，发现自己突然置身于一片烛光之中。

她表姐的卧室里点了许多蜡烛，张文宗几乎未注意到静静站在床边的那个女孩。

那是苏萍，张文宗感到脸上有一根神经在抽动。

两个月不见，她长高了，穿着那条只有领子是白色的黑裙子，身材愈显窈窕。

张文宗的心猛地跳着。

苏萍已不是想象中的小巧玲珑，短短的脸上泛起了奶油色，眼睛也变得似明亮的深潭，十足的一朵娇嫩的花。她的嘴唇不安地颤抖着，那双手抓紧胸口，手指优雅，粉红色的指甲泛着光泽。

张文宗突然想起自己的手又粗又脏。

许久，他用变得有些沙哑的声音问道："苏萍，你找我有什么事吗？"

她没理他，随着每次呼吸，张文宗甚至能听到她身上裙摆的声音。

房间变得有些昏暗，烛影缓缓地沿墙壁往上爬升。

张文宗被整个气氛感染了，悄悄地往前走时被茶几绊了一下，失去平衡。

踉跄了几步，两只手随之舞动。抓到她时，她依然静静地立着不说一句话。张文宗盯着她的眼睛，她的眼里隐隐约约有他的脸影。

“苏萍，怎么了？”

她把紧盯着墙壁的脸转过来，似刚从晕眩中醒来。

“你知道今天是什么日子吗？”

“今天？”张文宗苦苦地思索起来。

她的嘴似乎很干，伸出舌头来舔。

“不知道。”他说。

“今天是文子的生日。”她的声音细得不能再细。

张文宗的心灵被震撼了，浑身像被暗箭射中。

“是啊。”张文宗说。

“是二十二岁的生日。”

“是，是二十二岁的生日。”

“你还比我小一个多月。”她的声音有些沙哑。

“是，是比你小一个月。”张文宗仿佛在另一个世界漫游。

“那应该叫我姐的。”

俩人就这样你一句我一句地聊着。

回家的路很冷，张文宗感觉他的脚下是一片冰川。

十

张文宗走路的姿势肯定很好笑，背着一个大旅行包，里面放满了脏衣服，口袋里只有买东西找来的几毛钱，似乎是第一次走得那样的猥琐。

那年他在大学读书，父母在家辛勤地耕耘，用已不健壮的身躯燃烧岁月。姐姐嫁给了邻村她的一个同学，两个妹妹因为要供他读书而放弃了学业。然而在那时，他并不知道这些或者根本就没有去想这些。他只是照例到邮局去，取回父亲亲手寄来的生活费。

其实当时学校给他们每月发放三十五块钱生活费和三十五斤饭票，稍微节约一点，吃饭是没有问题的。他却不知道节省花钱，他买西装、买手表、买电影票、宴请朋友、交女朋友。父亲的钱丰厚且及时，他花起来也有些大手大脚，他只知道自己有坚强的后盾，钱又算得了什么，同学之间的友谊、女朋友的笑容才是人世间更珍贵的东西。他根本就没有想到过钱还有什么人格和尊严、情感和道德。

那天张文宗骑一辆旧自行车去邮局取钱，回来的时候迎面驶来一辆挂斗的东风货车，车到他前面十来米时，挂斗突然断开，带着一股很强的风斜着冲向旁边的菜市场。他就在前斗与挂斗之间，被吹得倒在马路上。挂斗车冲进菜市场撞向人群。

当时他脑子里嗡的一声，全身被电击似的一阵痉挛，人恍恍惚惚的，骑上车飞快地逃离了。

坐在宿舍里的张文宗还沉浸在巨大的恐惧中，人呆呆地不说话，同学们都来看他。有人拉他的手，他才感觉到左手的剧痛。不一会儿，左手腕肿起老高，医生告诉他骨折了。

直到手腕快好了，张文宗才想到应该告诉远方的父母，于是他写了封信回家。没几天，门卫通知有人找他，他跑下楼看见了风尘仆仆、一脸焦急的父母。

“你的手怎么样？”父母异口同声地问。

“没关系。”他说，“好了，没有什么。”

母亲不放心，轻轻拉过他的手审视。

晚上，张文宗打来几个菜，有同学帮忙买来啤酒，在校刊的编辑部里他陪父母吃饭。

父亲喝得有点脸红，他说：“你这小子，有点良心，懂得买酒给我喝。”

张文宗看着母亲幸福的样子，笑了。

“不过。”父亲继续说，“钱是我的。”

那一刻，张文宗心里甚至产生一种鄙视。

母亲夺过父亲的酒碗说：“你又乱说。”脸上仍是幸福。

“你懂什么？去年我生病的时候。”父亲指着张文宗，“没事就把你高中的书拿起来看，发现一点都看不懂，现在的书太深了。儿啊，你把大学的书拿给我看看，看是什么样子？”

母亲说：“你看也白看，你能看懂吗？”

“看不懂，看看嘛。”父亲坚持着。

张文宗把他的书递过去。父亲戴上老花镜，假装认真地翻起书来。

临回家时，父亲叮嘱他给读初中的小妹买一本辅导书，他却用那钱吃了一顿红烧肉，写信给小妹语重情长地劝她不要看太多的课外书。

那次回家时，天气格外冷，走到村外，远远地看到大妹蹲在水塘边洗衣服，瘦瘦的身子在寒风中颤抖。

张文宗走上前，从后面大声喊："大妹。"大妹一回头，惊喜起来。

"哥哥回来了。"她大声对着身边的同伴开心地说，"我哥哥回来了。"

引来了同伴的欢呼声。

她站起身从张文宗背上的包里翻出一大堆脏衣服，扔进洗衣盆，他看到了她那双冻得像红萝卜似的手。

这时，身后一声惊叫："哥哥回来了！"二妹提着只水桶过来，高兴地跳来跳去。

"你提水桶干什么？"张文宗问。

"爹腰闪了，我来提水去烧饭。"二妹冻得红红的脸上充满着兴奋。

二妹的话像一把利刃，刺向张文宗灵魂最虚弱的地方，他感到一种从未有过的无力。好像有一股爆发出来的火山岩浆，冲破重重黑暗和压力，挟裹着血汗和寒冷将他吞没，他挣扎其中如困兽般无力。

极度的自责中，张文宗拿过二妹的水桶打起满满的水向家走去。

“姐姐。”二妹在后面说，“你看哥多厉害，能提满满一桶，我只能提这么一点。”她比画着。

“是我哥哥。”大妹对着旁边刚来的同伴说。

走到家，张文宗叫了一声妈，将手中的水倒进水缸，烦乱的心仿佛被寒风吹破，有几滴泪流出他的眼窝，虽然很快被风干，但它已不再像那种单纯的液体，而是一种炽热而黏稠的东西，从看不见摸不着的天际涌来，源源不断地，用激荡的真情的烈焰，将他的浅陋点燃，烧成灰烬。

正是从那年开始，张文宗不再喝醉。

十一

那几年，大学毕业后都在等着分配。

当张文宗还不知道属于自己的办公桌或柜台在哪里时，苏萍告诉他，她将去省城政府机关上班。

那天，张文宗接到她的电报后赶到省城。张文宗告诉她，他可能已离不开她了，他想要带她南下。

她摆弄着自己的衣角，眼里掠过一阵迷茫。

张文宗知道自己不能勉强，便伸手握别了她。望着她越走越远的身影，张文宗对自己说一定要回来。

那是张文宗第一次出逃。

出现在那个沿海城市时，张文宗感觉到自己就是一条流浪的狗。天空的闷热又是他未料到的，一件外套在手上像一堆泥土，扔掉又怕没有了发芽的温床。

职介所，张文宗的脚未踏进去，里面的人就说："别进来，招满了，过两天来看看。"

张文宗硬着头皮走进去，恭恭敬敬地递上毕业证。职介所的一位工作人员看了一眼后，默默地填起一张表格，见他恭谨地站着，便冲他笑一下。

"坐吧，你有证书就好一点，明天你来这里，我帮你联系。"

第二天，张文宗又来到那个职介所，还是那个工作人员热情地接待了他，说有一家服装公司决定要他，但需交二百元押金。他傻眼了，通身只剩下五十元，他说五十元行不行，工作人员马上变了脸，说："你有毛病，像你这样一点经验都没有的谁都不会要的。"张文宗无奈地摇摇头，继续像一只无头的苍蝇在各工业区找招工广告，第四天还无着落，心里特别地伤感。摸遍了自己的口袋，总共找出了六块钱，他想明天一定要找到事做，否则就要连饭都没得吃了……

第二天，天刚亮，张文宗爬出桥洞，强打精神，朝码头走去。路上，他花掉了全部的钱，用三元钱吃了一碗海鲜面条，又用三元钱买了一个长条干面包，他将面包用塑料袋包好，塞进长裤的口袋里。

码头上装船卸船的人很多，但没有想象的那么繁忙，每条船都在有条不紊地装卸着，没有缺人手的迹象。张文宗偶尔想挤进扛包的人群，却被人推出来。

张文宗心里滴血了。中午他将面包一掰为二，一半掺着海味的自来水吞下去当午餐，另一半依旧用塑料纸包了塞进裤袋。当时正是农历的七月，那里的太阳不阴不阳但却十分毒辣地炙烤着孤独的他。他有些微胖的身上大汗淋漓，浑身萎蔫得快虚脱了。心想老天爷是不是真的要这样待他，他感觉凄凉极了，回家的想法涌上心头，但他清楚自己没有退路，他害怕看到家人失望的眼神。

下午，码头变得冷清多了，正当他凄凄地准备回桥洞时，突突地来了一只装米的船，靠岸时有两个四十多岁的中年人来回扛着包。张文宗走过去，默默地扛起大包。正干得满头大汗时，一个工头模样的人朝他走过来问："喂！你是哪里的？"他眼眶一热，眼泪在眼眶内打转。张文宗简单诚恳地讲述自己的遭遇，请求他收留自己。工头上下看了看他，想了想，说："做装卸工很苦的，你一个大学生到这一步不容易，我给你十元钱一天，干不了随时可以走。"张文宗忙说："行，行。"晚上他去桥洞拿来自己的包，干起他的第一份工作。

装卸工确实太辛苦，一天干下来人累得都不想说话，但为了生计，他什么都不顾了，尽管自己没有那些人强壮，但却事事都抢在别人前面做。头几天心里有些堵得慌，后来就想开了。

他的老板阿木特别喜欢他。阿木就是那个收他进来的工头。那天，他带张文宗洗海水澡，当洗得身上痒痒的时候，阿木拍着他的肩膀说："这些天难为你了，你一个大学生，这里也不是你久留之地。我舅舅在城南开了间酒楼，缺一个记账的，我给他打了电话，明天我就送你过去。"

张文宗感激极了，不住地谢他。

"谢什么！你本来就不应该来这个地方，就当认识一个朋友，日后有什么事互相帮忙。"

"滴水之恩当涌泉相报！"他说

就这样，张文宗结束了二十八天的装卸工生涯。

阿木的舅舅实际也不是老板，只是相当于店长。

出事的那天，张文宗正在整理柜台里的酒。五六辆摩托车接连冲到店门口，酒楼门童刚想上前询问，被为首的一个彪形大汉打了两个耳光，倒在地上。

那群人凶神恶煞地闯进来，直奔张文宗这个方向来，用手指着他喊道："来一条'三五'！"

张文宗看了一下老板，老板忙过来，从柜子里拿出一条"555"

牌子的香烟递过去。那人接过烟扔给后面的人，自己上前拉开冰箱，伸手拿出几瓶啤酒、饮料，一瓶瓶扔给那些人。

这时，吃饭的人们纷纷悄悄地离席而去。

“阿扁，出来!”为首在叫。

老板过来说，阿扁今天没来。

啪的一声，老板脸上被打出五个手指印，捂着脸跌坐在椅子上。

那些人开始砸东西。张文宗吓坏了，低头时发现脚边躲着一个人，他认出那人就是阿扁，是酒楼的常客，听说还是个公司老板。

阿扁在地上颤抖着，张文宗悄悄地打开了柜台下面的门，用眼神示意阿扁，阿扁慢慢地爬了进去。张文宗用脚把门关上了，搬移酒瓶箱子堵住了柜门。那些人嘴里不干不净地骂，见人就打，一个瘦瘦的家伙走到张文宗面前，抬手打了他一个耳光。张文宗的嘴角流出血来，其实他心里知道自己完全能打倒对方，但他不敢惹他们。

阿木的舅舅过来跟他们周旋，又一个家伙走过来问张文宗阿扁在哪里。张文宗说不认识，那人抬起手要打张文宗，阿木的舅舅拉住了对方。张文宗强忍着怒火，阿木的舅舅腾出手来拉他的衣角。张文宗蹲了下去。

外面稀里哗啦闹了半天才停了下来，听摩托车发动机声音应该是走远了，张文宗抬起头看到阿木的舅舅正扶着老板，张文宗为老板打来洗脸水。

“大学生。”阿木的舅舅说，“没事吧？”

“没事，舅舅。”张文宗已经习惯叫他舅舅。

“多谢你救我。”阿扁爬出来，跪到老板面前，“多亏您，损失由我来赔。”

一个星期后，张文宗到阿扁的服装公司做了经理助理。一直到离开，张文宗都没有弄清楚那天到底是怎么一回事，寻仇是肯定的。张文宗问过阿扁，他说你是外地人不要理这些事。其实，阿扁身高一米八多，打架很厉害。

张文宗在厂里没有什么具体的事，主要是做一些接待工作。阿扁很信任张文宗，怕他吃食堂不够营养，在对面的饭馆开餐，他可以随时去吃，写个名字就可以。当时，张文宗刚从学校出来，管理上没有一点经验，一直到他离开的几个月，都没帮他什么忙。

厂子只有一百多人，是做些材料加工，赚钱也不是很多。阿扁那时好像有意培养张文宗，几次晚上骑摩托车带他出去喝酒。

张文宗给苏萍写过一封信，大意是说自己在海边，过得还可以，却没有给她留地址。

两个月后，奶奶去世的消息传来，张文宗一个人躲到厕所哭了一场。找阿扁请假。

“你不要太难过。”阿扁拿给他五百块钱，“向你父母问安！”

回到家时，奶奶已下葬了。当张文宗还沉浸在悲伤里时，大学分配的工作单位落实了，并催他去上班。

张文宗给阿扁打电话，却得知阿扁因触犯法律，被抓了。

十二

张文宗到了分配的工作单位，辗转几个部门，最后定位在业务科。那时候的业务科实际上就是采购部门，把自己随便买来的东西放在仓库等着下属商场来拉就行了。

十三

提到碧云，张文宗头脑却异常地空起来，好像她已在心中消失，苦思良久，才隐隐约约浮现关于她的一些片段。

那次，张文宗骑一辆破自行车到同学家去。

那辆破车除了铃铛不响，其余的部分都响。那时他已经有点胖了，那车载着他显得力不从心，又无可奈何。

迎面开来辆仪征车，歪歪斜斜地朝他撞来。

张文宗使劲地刹车，但那车就是停不下来，仪征车的刹车声相当刺耳。他还是被撞了，从车头翻过去，前额撞到仪征车的前灯上。

张文宗倒在地上，鲜血流了出来。仪征车里有几个人下来扶起他。

他头上的血越流越快，脑子渐渐迷糊。昏沉中，他看到有人从自行车上跳下来。

张文宗认出是碧云。

她看到张文宗，“啊”了一声。

“你们还愣着干吗？”她吼着，“快送医院！”

“保护现场？”

“救人要紧！”

她已经伸出手扶住张文宗的头，几个人七手八脚地把他抬上了一辆后面来的面包车。

张文宗软绵绵地躺在她怀里，她用手绢按住他的头，他明显感觉到自己的血顺着她的衣襟往下流。

“文子，没事的。”

张文宗听到仿佛是来自遥远国度的声音。

“文子，你一定没事的。”碧云的声音有一点颤抖了。

张文宗的头剧烈地疼痛，眼前开始出现一朵朵黑云。

好像过了一个世纪，又一阵剧痛传来，他呻吟着睁开眼发现自己已经半躺在急诊室里。

一个医生正在为他缝针。碧云坐在他后面，扶着他。

“文子，挺住，马上就好了。”

张文宗苦笑起来："多亏你。"

她继续说："没事的，没事的。"

终于，医生停住了手。后面的碧云松了一口气，轻轻地放下张文宗，张文宗转过脸去看她的脸。

"别乱动。"医生说。

张文宗还是看到了她，她正脱下自己的鞋往痰盂里倒血。

张文宗正想跟她说说话，她却急匆匆地推门出去了，没有看他一眼。

躺在医院的二十多天，张文宗没有看到过她的身影，也没有听到过她的声音。出院后，他往她厂里打电话，接电话的人盘问了半天，最后说："她现在上夜班。"

那天晚上，张文宗约了一个同学到她厂门口，看门的老头很警惕地问他们找谁。

张文宗说，我们找碧云。

"上班是不准找人的。你是她的什么人？"

"是她朋友。"我同学说。

张文宗递过去一支烟，老头接过烟，拿起内部电话。

"有人找碧云。"老头对着电话说。

"是她表哥，姓张。"张文宗说。

"是她表哥，姓张的。"老头放下电话，"等着，马上出来。"

"谢谢！"张文宗对他说。

一会儿，桌子上的电话铃响了，老头抓起来，“喂，噢，好。”

“碧云现在很忙。”老头说，“叫你有什么事告诉我就行了。”

“不用了，老伯，谢谢。”张文宗说。

老头慈祥又善意地笑着，点燃了张文宗递过去的烟。

再看到碧云时，已是两年后的春天。

十四

“同志们，”第一次坐在食品厂的礼堂里给工人们开会，张文宗说，“我还年轻，没有经验，需要你们帮助，需要你们扶上马再送一程。但我有决心，如果大家三个月领不到工资，我马上走人。”

“好——”下面响起热烈的掌声。

“好什么！”一个重重的声音，“你发不了工资拍屁股走人了，我们照样没饭吃。”

“是啊。”很多声音附和起来。

“是什么？”张文宗站起来，“大家干得好都有工资，干得不好我一样得饿肚子，我的编制、工资关系已经转到厂里来了，我和大家一样等米下锅。”

“离退休人员工资呢？”一个苍老的声音。

“每月十五号按时发放。”张文宗坚定地说。

有人开始鼓掌，引出一片掌声。

那天晚上，张文宗敲开那扇门，里面的人显然惊讶了，忙不迭地让座。

张文宗把他按下来，两人吃完了张文宗带去的二斤卤菜，喝掉了一瓶白酒。里面这个人是周仁，后来成了张文宗的办公室主任。

几天后，张文宗用贷款给工人发了工资。那天是全厂最沸腾的日子，因为他们已经好几个月没拿到工资了，男男女女围着张文宗，一口比一口亲热地叫着“厂长”。

站在义乌市场的人群中，张文宗感觉到很茫然，不知道自己到底来干什么。

周仁则忙前忙后地打听包装纸的下落。终于，一个老板模样的人出现了。张文宗递过去自己的名片，互相打了个招呼，他要到这个老板的厂里去看看，这个老板爽快地招来一辆车。

那是个很小的厂，只有一间办公室，写着“总经理室”。总经理很热情，让张文宗看他们的样品。

“这也是你们做的？”张文宗问。

“是，是人家定做的。”总经理一脸的诚实。

“做得挺像。”张文宗说。

“我们可以根据客户需要制作各种包装，保证满意。”

中午，总经理带他们去吃饭，准备签合同。

“你们有没有做好的糖果？”

“有，包您满意。”总经理眼里闪出光芒。

“外观要好，”张文宗伸出手指，“吃起来味道不会太差。”

“那是一定的。”总经理不住地点点头。

“开个价。”张文宗盯着他。

“三块五，”他说，“按九七折月结。”

“两块八，行就行，不行拉倒。”

“最少三块，你也知道面粉都要两块多了。”

“三块按九五折结算，月结三十天。”

“月结三十天太久了。”他摊开手。

“行就行，不行拉倒。”张文宗坚定地说。

“好。”总经理端起酒杯，“一言为定，我们干杯。”

回到厂里，张文宗将部门进行大手笔改组，成立产品开发部，专门负责义乌糖果的销售，原班人马继续生产原来的产品。

当晚，当地电视台打出一条广告：食品厂诚招业务员，无底薪销售额百分之三提成。

第二天刚上班，县经委朱主任的电话就打来了。

“小张，你考虑清楚，你这样做是不妥当的，到目前为止还没有哪家国有企业公开给人提成的，税务关系怎么理顺？”

“朱主任，”张文宗说，“我知道这样做有风险，我也是被逼上梁山啊，一百多人要吃饭啊。”

“这样吧，你过来一下，我们一起去请示马县长。”

马县长看过张文宗的报告，手托着下巴不说话。

“马县长，”张文宗说，“我事先没有征求您的同意就把广告打出去是不对的。”

“这个没问题，我担心的是社会影响，你这样做别的企业也会效仿。”

朱主任附和：“是啊。”

“其实不违法啊，”张文宗说，“现在鼓励一部分人先富起来嘛。”

马县长终于点点头，说：“好吧，改革嘛，是要担点风险的，你记住不能出现营私舞弊的现象。”

“谢谢马县长，请您放心，我以人格保证，账目一清二楚，我本人是不参与销售的。”

朱主任拍拍张文宗肩膀，说：“我们有马县长支持，一定不会有事。”

马县长笑笑，说：“年轻人，好好干！”

通过筛选，张文宗聘了十名销售员，给他们发聘任书。每人先交五千元押金，放在由双方控制的账户上，客户的货款也收在那个账户上，每十天结算，扣除百分之三的提成，其余的货款入厂里的账户，每人应收款不得超过一万元。

义乌的货很快就到了，生意火了起来。

那天，张文宗特意去公交公司找吴经理。吴经理正要出门，张文宗用糖果包拦住了他。

“糖衣炮弹吗？”吴经理笑。

“是糖衣，不是炮弹。”张文宗笑着说，“我们的新产品给您尝尝，多提提宝贵意见。”

围上来很多人。

“怎么样？”

吴经理边吃边说：“是比原来的要好吃，原来的糖果能吃出面粉来。”

“那是过去，我们改进了配方嘛。”

“贵了一点。”有人说。

吴经理抢过话题：“成本高了嘛。”

张文宗说：“我们怎么也不会做违法的事嘛。”

“对对对。”众人点头。

“好吃，好吃。”又有人说。

等到办公室只剩下两人时，吴经理放低声音。

“你那百分之三的提成真的给？”

“当然给。”

“怎么列支？”

“列什么支？”张文宗说。

“你这可不怎么合法。”他盯着张文宗。

“我个人没拿一分。”张文宗大度地说。

老吴不再说话。

“吴经理，有一件事要你帮忙。”

“就知道吃人家的嘴短，说吧。”

“把我们厂门口的站牌改成食品厂。”

“就这事？”

“别这样看我，”张文宗笑着说，“全城的公共车站牌上都写上‘吃在食品厂’，我给你们广告费。”

“给我们钱？”

“给你们钱。”

“帮忙是可以，钱能收吗？”

“有问题吗？”张文宗拍拍他的肩膀。

吴经理皱眉考虑了一会，答应了。

两个月后，工厂的效益大为改观，工人见张文宗就笑呵呵的，他也总是很礼貌地和别人打招呼。

不久，他被评为系统内地区级先进个人的消息传来。

十五

有一天，他正骑着自行车哼着歌，没有一点征兆，眼前突然窜出一辆人力三轮车，他一时来不及刹车，被撞倒在地上。

张文宗爬起来正要发火，看到了那张脸。那是他日夜盼望见到的脸，岁月已在上面留下了太多的烙印，不再白净如玉。

是碧云。

“碧云，”张文宗扶住她的车头，“怎么是你？”

碧云显然还未从刚才的惊慌中反应过来，苍白的脸上满是惊悸。

这时，张文宗发现她隆起的肚子。

“你这些年在哪里？”他急切地问。

她泛上来不自然的笑容，摇头不说话。

张文宗上前扶住她，她遭雷击似地躲开他。

“到底怎么啦？”他进一步地问。

她不说话，眼泪已在眼眶里打转。

“你知道吗？”张文宗说，“自从那年以后，我到处找你，你厂里的人说你调走了，邻居说你搬走了。”

她甩开张文宗，迈上人力车要走，他拉住她，她无奈地下来，推着车默默地走。

“这些年我一直在打听你，”张文宗推车跟上去，“是我对不起你。”

她慢慢停住，“你现在还好吗？”

“挺好的。”张文宗说。

她又不说话了，继续推车往前走。

“你怎么啦？”张文宗大声地说，不顾旁人的目光。

她奋力地跨上人力车，回头对他说：“如果你还想让我活下去，就千万别来找我。”

张文宗愣住了，用迷惑的眼睛看她。

她蹬起那辆三轮车，车斗里的蔬菜抖动着，汇入茫茫的人海。

不久，张文宗听到碧云悲惨的故事。

那天接到电话时，张文宗一时还没反应过来。

“厂长，”司机在旁边说，“是不是要出去？”

“去医院。”他像从梦里被惊醒。

到碧云的病房时，医生正责备那个民工打扮的男人，“你怎么搞的？孕妇都快要生孩子了，你还折磨她，你还是不是人啊！”

看着碧云惨白的脸，张文宗眼泪已经流了下来，上天怎能这样捉弄人啊！

他抬头问医生：“她怎么样？”

“大出血，小孩肯定保不住，大人就得看她自己的造化了。”

“你们是医生，还看造化？”张文宗站起身，大声地说。

“你……”医生不高兴，要与他理论。

过来几个人拉开他，碧云被推进手术室。他看着通向手术室的那条鲜红的血路，差点晕倒。

医生出来时，张文宗盯着他的眼睛问：“怎么样？”

医生不说话，默默地摇头。

他抓住医生的衣领，吼道：“到底怎么样？”

几个人拉开他，张文宗推开他们冲进手术室。

手术室里的医生护士都在默默地收拾。

他站在碧云的床边，身上一阵阵虚脱。

“明生——”张文宗大声地吼起来。

人们都惊恐地看着他。

“明生——”他继续吼着，大步走出来。

“明生——”他蹭在过道上大声地哭起来。

十六

背起行囊时，张文宗落泪了，因各种原因，他离开了自己苦心经营的食品厂，他不再是厂长了，他要去南方寻找属于自己的新天地。

出现在南方最大的人才大市场时，他信心十足，真皮手提包里是自己辉煌的简历。

“学生会干部？”

“是的。”张文宗说。

“还当过厂长？”

“是的。”

“刚刚出来的。”

“是的，我辞职来发展。”

“好吧，你把资料放这儿，一个星期内给你答复。”

张文宗当时有点高兴，以为找工作很容易。然而，两个星期过去了都没有消息，他有一点点着急，便打电话给那个要他等消息的公司。

“您好！”话筒里传来娇滴滴的声音。

听完他的问话，娇滴滴的声音提高了几分贝：“老板还没有研究，有什么消息我们会通知你的。”

“需要什么时候？”

“一个星期内。”话未说完，电话已挂了。

又一个星期过去了，张文宗走到一个职介所门前，看到了那两个熟悉的字。

一郎。

他不大相信这么有名的公司会到这样一个小职介所来招人，但对找工作的渴望不允许他细想，便走了进去。

“您坐。”漂亮的礼仪小姐热情地打招呼。

张文宗坐下来说了自己的情况。

“您这条件不好找，刚出来没有经验，又不会说广东话。”

“学起来很快的。”张文宗自信地说。

“仓管你做不做？”她问张文宗。

“做。”

“一郎公司招仓管，中专文化程度就行，想不想去？”

“可以啊，我去。”

“交六十元介绍费，不成功退款。”她伸出手。

“交钱？”

“介绍费，六十元不多啦。”她用漂亮的眼睛看着张文宗。

“好吧。”张文宗拿出仅剩的六十元。

她麻利地给他开推荐表，“一定能搞掂的。”

“谢谢。”张文宗说。

一郎公司在写字楼六楼，爬到六楼时，张文宗已经有点喘不过气来。保安看完推荐信，把他领进了人事部。

人事部的黄经理从眼镜里上下看了张文宗几眼。

“你是来应聘仓管的？”

“是的。”

“以前有没有做过仓管？”

“做过。”张文宗说。

“工作了多久？”

“一年零四个月。”

“为什么不做了？”

“家里有点急事要赶回去，老板不批，只有辞工走了。我是职介所推荐来的。”

黄经理边抽烟边皱着眉头看张文宗的毕业证。

“你的简历呢？”他抬头问。

“没有。”张文宗说。

“坐这儿写一份。”说完递过来一张便笺。

张文宗趴在桌上写了份简历。

看着简历，黄经理问，“你会电脑吗？”

“会一点。”张文宗挺了挺胸。

“什么叫会一点？”

“就是懂一般的操作，不会编程。”

“你懂会计电算化？”

“懂一点。”张文宗怯怯地说。

“懂一点？用过什么软件？“

“用友。”张文宗理直气壮起来。

“你这身份证？”他拿起张文宗的身份证，问道，“怎么这么模糊啊？”

“是有点模糊，用的时间比较长。”张文宗说。

“嗯。”黄经理答应了一句，拿着他的简历走出去。

透过玻璃窗，张文宗看见他走进另一间豪华的写字间。

旁边一直低头工作的小伙子漫不经心地问张文宗的籍贯。

“公司有不少老乡的。”他说。

“是吗？”张文宗高兴起来。

他不再说话，这时，黄经理走进来。

“好了，你去仓管部找周主管。”他递给张文宗一张纸条。

“谢谢。”张文宗接过纸条。

他来到楼下的仓库门口，向一个好像是负责收货的人打听。

“周主管现在正在开会。”他说。

“什么时候能开完？”张文宗问。

“说不定，你到这儿等吧。”

于是，张文宗站到门口的人群中。等待的人们七嘴八舌地议论着。那些都是刚出校门的学生，说的话也透出浓郁的学生味。张文宗不理会他们，一个人在旁边或站或蹲。

近三个小时过去。等待的人时不时地询问，得到答案总是“还未开完会，在这儿等。”

张文宗觉得不对劲，便走去问正在装卸的搬运工。“请问周主管的办公室在哪里？”

“在三楼301。”

敲开周主管办公室的门时，他正悠闲地抽烟，看到张文宗，熄掉手中的烟。

“坐，你叫——”他操着不太标准的普通话。

“文子。”张文宗递上那张纸条。

“哦，你当过厂长。”

“是。”他轻声答道。

“做过一年多仓管？”

“是的。”

“会计你懂吗？”

“懂，做过主办会计。”

“好，那你把这个做一下。”他递过来一份试卷。

张文宗沉思片刻，很快完成了。

这时，旁边的人叫：“老周，吃饭了。”

周主管站起来，“你回去，明天早上来，我们继续。”

张文宗向他道谢，转身出来。

晚上，张文宗找了几家书店买了那本《货仓操作实务》，就着路灯仔细地研究了几遍。

第二天，坐在周主管面前，张文宗显得更加自信。

周主管低头仔细看了看他的简历，突然抬头问：“什么叫‘先进先出’？”

“就是指发货是要遵循先进来的先发出去的原则。”

“怎样做好‘先进先出’？”

“物料进仓要标识明显，码放合理，发料时注意批号。”

“嗯。”

“其实，我觉得。”张文宗说。

“什么？”

“我觉得，会计知识对仓库管理来说不是十分的重要。”

“怎么说？”周主管歪着头问。

“仓库里只管物料数量，不存在物料金额的核算，故只需基本的会计知识。”

“这话是不对的。”周主管身子向后靠。

“我的意思是仓库管理中重要的是责任心。”

“哦，这句话倒还有一定的道理。”

两人又谈了一会儿关于仓管方面的常识问题，张文宗都对答如流。

周主管不再说话，又皱眉看着张文宗的简历。

“这样吧，你还是回去等消息。”

张文宗心头涌上来一阵凄凉，他说：“这份工作对我很重要。”

“噢，”周主管若有所思，“我明天会通知你。”

两天又过去了，没有什么消息，张文宗便打电话给周主管。

周主管一接电话，说：“你那个号码是不是错了，根本找不到你。”

张文宗想解释，周主管接着说：“你今天晚上就来上班。”

“明天去行吗？”张文宗问。

“不行，马上来。”他口气很硬。

张文宗到街上花掉所有的钱买了席子、被子，急匆匆地赶到一郎公司。

周主管面沉似海，说：“不管你原来干过什么，你现在就是个仓管。”

“我知道该怎么做，”张文宗对他说，“谢谢您给我机会。”

周主管不说话，示意他出去。

张文宗离开时，轻轻地带上了办公室的门。

十七

经过一段时间的认真工作，张文宗在一郎公司已经混得可以了。

又一个星期六来临，他和几个人一起去打牌，结果输了一千多块，有人赢了三千八百块，准备请他吃一顿安慰安慰他。

“叫老侯来喝一顿。”张文宗说。

“可以，”他说，“到哪儿？”

“自己做，吃火锅！”

找来几个搬运工买菜，拿来一个大铝盆当火锅。打电话给老侯，他爽快地答应了。半小时后，老侯和李叔一起来了，张文宗找来几个凳子放到铝盆周围，开始喝酒。

喝二锅头时，老侯很主动，其他人推说不行。

拿上来双沟大曲，老侯说：“这酒淡一点。”于是，张文宗主动和他喝，他很豪爽地端起酒杯就倒。

贵州醇上来时，老侯说：“换了几种了，这样喝不行的。”

用手遮住酒杯，张文宗拿起酒瓶，“老侯，你不是这样子的啦。”他装出一脸无奈。

“来，老侯，”张文宗说，“欢迎到我们基地做客，干一杯。”

“干一杯！”他仰头喝下去。

看到他有点晃，张文宗又端起酒杯。

“老侯，李叔是第一次来，我们陪他喝一杯。”

李叔站起来，“谢谢，老侯，来。”

老侯皱着眉喝了下去。

张文宗又端起酒杯敬他们，老侯打一个饱嗝儿把酒灌下去。李叔想赖，张文宗不答应，逼着他喝。

十八

那天是苏萍打电话约张文宗。

张文宗在大厅坐定时，苏萍正好唱完一首歌，幽暗中响起一阵掌声。

苏萍微笑着走下来，坐到张文宗对面。

“文子，在这样的地方见到你真高兴。”

“这样的地方？”

“总觉得这样的地方你不应该来。”她喝一口酒，“你现在怎么样？”

“不怎么样，我说过我这一辈子离不开你，离开了你做什么事情都不顺利。”

“看你说的。”

“我说的是真的。”张文宗盯着她忽明忽暗的脸。

“是吗？”她低下头，抬头时张文宗看到她眼里闪烁着晶莹的泪光，“我有些感动，文子，真的。”

“你好吗？”张文宗问。

“好，很好。”她擦去脸上的泪。

“我想唱歌。”张文宗说。

“我们一齐唱《我就要走》。”

“清唱吗？”

“清唱。”

张文宗就那样走上了久违的舞台。两人唱完之后，不断有人过来找苏萍喝酒。

过了一会，苏萍走过来端起酒杯，说：“文子，我敬你。”

“谢谢。”

“你还是唱得这么好。”

“好久不唱了。”张文宗说。

“想不想来唱歌？收入挺高的。”

“我还不至于。”张文宗盯着她的眼睛说。

“你这话——”她低下头摆弄胸前的扣结。

“你生气了？”

她不说话，抬头时眼里又有泪花。

“你怎么还是这样？”张文宗问。

“我就是这样，你管得了吗？”她声音大起来。

“好了，我不说了，对不起。”

张文宗站起来，把服务员叫来。

“算我账上。”苏萍对服务员说。

张文宗不理她，付款，大踏步走出来。

苏萍一路小跑跟上来。

“别跟着我，我要回去。”张文宗凶狠地说。

“文子，”苏萍拉着张文宗的手，“到我那儿去吧。”

“不去。”张文宗招手叫的士。

“文子，我好不容易碰上你——”

张文宗上车，她也坐上来，对司机说：“东环路 20 号。”

张文宗想说话时，阿萍捂住他的嘴，张文宗被她身上浓烈的不知哪个牌子的香水发出的诱惑迷住了，默默地不作声。苏萍也不再说话，轻轻地搂着他。

进了房门后，他们在黑暗中紧紧地拥吻起来。

许久，苏萍悠悠地说道：“文子，想不想听听我的故事？”

“很辛酸是吗？”张文宗大笑。

“不是。”她平静地说。

“我知道。”他说。

“我们还玩那个游戏吗？”

“我们本身就是一个大游戏。”张文宗说。

那天晚上，迷迷糊糊中张文宗被吵醒，睁开眼时，苏萍斜靠着沙发正聚精会神地看电视。他下床坐到她身边。

“什么好看的？”张文宗问。

“你没发现那个女主角是谁吗？”

“是谁？”

“你自己看。”

于是，张文宗睁大惺忪的眼，发现确实是很熟悉的身段，那摔碗的姿势是他花了很长的时间才忘记了的，却想不起到底是谁。

“麻丽。”苏萍说。

“噢，”张文宗如梦方醒，“是这家伙，出息了。”

马　浪

站在罚球线上投一个空心球，让篮网反弹上去挂到篮圈上，拿住球往后退到三分线上再投一个空心球把篮网梳理过来，这样的球叫国际标准，王清波在很长的时间里经常这样做。

就是这样的王清波，经常想起奶奶，那个小脚女人，那个做过外公的小老婆，又带着母亲到爷爷家生活的苦命人。

人才市场里。

王清波坐在招聘台里，旁边是年纪有点大的人事阿珺。

阿珺凑上来，“老板，我们招货仓主管，条件是男，大专以上文化程度，必须有经验……”

“哦，好，”王清波没有打断她的话。

市场里人来人往，来找工作的人很多，不一会儿，王清波面前就围了一大圈求职者。

“都在找饭吃。”王清波心里想着。

“别挤，”阿珺说，“一个一个来。”

王清波接过一摞证件，抬头一看，是一个白净的小伙子，脸上堆着笑，明显一只眼大一只眼小，便把证件递回去。

“下一个。”阿珺在旁边说。

下午，王清波不耐烦地看着眼前重叠着的各种类型的笑脸，这时，那个有点气质的人出现了。

“老板好。”他说。

王清波接过他的资料。

“江西××大学？”

“是的。”

“一九九四年毕业。”

“是的。”

王清波又问：“叫马浪？”

“是，老板。”

“怎么叫这个名字？”

“老板肯定骑过马吧？”那人说。

“骑过。”

“那就是了，马浪是马上下颠簸的节奏，当您的身体可以随着马浪而前后缓急地起伏时，也就进入了享受策骑乐趣的境界了。”

阿珺凑上来，“这小子挺有意思。”

王清波抬头看，果然长得像模像样，便低头装出认真看他简历的样子。

“在一郎公司做过仓管部长？”

“是，老板。仓管部有三百六十多个人。”

“工资有多少？”

“三千八。”

王清波说：“到我这里来可只有不到两千。”

“我刚去一郎时才一千二呢。”

“好了，你明天到我公司来，我们再具体谈一谈。”王清波说。

“谢谢!”马浪接过公司名片退出去。

王清波又接过一摞资料，随便瞅了一眼便说不行。

这时，马浪又挤进来，“老板。”

王清波看着他。

“我的毕业证您还没还给我吧？”

王清波看了看马浪，说：“你毕业证在我这里，你明天直接到我公司报到，把行李都带过来。”

马浪连连道谢鸡啄米似的退下。

“招满了，不招了。”阿珺挥手对其他人说。

路上，王清波用右手把住方向盘，左手从档案袋中抽出马浪红红的毕业证又看了看。

在经历多年的希望、失望、绝望，再希望、失望、绝望，再希望的浸泡后，王清波实际上已经很坚强了，坚强的意思就是不再在人家的臂弯里伤神。

那天，王清波的车在半路上坏了，左搞右搞都修不好，便打电话给马浪，自己坐中巴往回赶。

王清波喜欢坐在售票员后面的靠窗位置上，因为那个位置可以全方位地看清车上和车窗外的人。正要睡去时，一阵清香扑面而来，王清波睁开眼看到了她。那是一个不高不矮、不胖不瘦的女人，俊秀的脸，穿着浅绿色的套裙。

那个女人环顾车内确认没有空位，便伸右手抓住头上的扶杆，腰部露出一段白皙的皮肤，白白嫩嫩的香肌几乎碰到了王清波的脸。王清波差点晕眩了，吸气闻到的是一股只有阿萍身上才有的清香。慢慢地，王清波坐在车上睡着了，脑海里浮现了曾经的画面。

那年夏天特别热，王清波接到那封“速回”的电报时，知道是阿萍找，便连夜往她所在的城市赶。第二天，两人便到达一个小火车站旁边的小城了，那里有阿萍的一个同学。

阿萍告诉王清波，她的这个同学在华东化工学院读研，难得回来，便叫上他一起来玩。王清波感觉特别没意思，浑身都不自在，加上右手中指中毒肿得像胡萝卜，便一天到晚不说话，闷闷的。

“我对清波的看法是慢慢地变好的。”阿萍的同学临走时这样说。

王清波心里知道人家对自己不满意，也懒得说话。回到城里时，王清波说："我们还是回我们的家去吧。"

阿萍说"好"便一同回学校，把买的一大包饼干啤酒搬进了校刊编辑部。因为是暑假，学校里也没有什么外人，不等门关好，王清波就搂着阿萍。

"你怎么不说话？"阿萍问。

"我不想说。"王清波回答。

阿萍便伸小拳头打清波，王清波躲闪着倒在椅子上。实在躲不过了，便伸出自己红肿的手指给阿萍。阿萍立即停下来，心疼地看。

"没事的。"王清波说。

"都这样了，还说没事。"

"真的没事。"王清波故意缩起那个叫人心烦的中指。

阿萍不说话，默默地上来吻王清波。

半夜起风时，王清波醒过来爱抚起阿萍。阿萍睁开朦胧的睡眼。

"我离不开你了。"王清波说。

"别说这种话。"

"离开你，我将一事无成。"

"我不知道……"阿萍皱起眉头。

"我非常清楚，我没有能力把你带出你的家庭，也没有能力进入你的家庭。”

“别说了，清波。”阿萍又流泪了。

“我就要说，”王清波抬高声音，“我们走吧，一起到广东去。”

“我不知道……真的不知道……”

王清波抬手碰到车窗玻璃才知自己又在白日做梦了，回过神来，那个带着清香的女人已经下车了。

听到马浪在下面叫，王清波伸了一个懒腰走下车来。

王清波这家纸品厂是用他辛辛苦苦五年的业务提成奖金办起来的，侯老板是他的后台，他和侯老板也是一对亦师亦友的“冤家”。

工厂原来只有纸箱线，马浪是在纸板线安装好后才招进来的，本来叫他做货仓主管，王清波看到他还真有点墨水，便让他做行政主管，除了生产，其余的工作他都要管。

九月的那一天，在街上闲逛，王清波开的广州本田车一个急刹车停在老侯面前。

“你太不是东西了。”王清波从里面伸出头来。

“什么？”老侯反问。

他伸手把老侯拖进去。

“你怎么说我和阿萍的？”

“不是事实吗？”

“当然不是，我和她谈了四年，只接过两次吻，一次是毕业那天，一次是分手那天。”

“不会吧？”

“并且，她是不可能不跟我来广东的，你把我和她说得那么不纯洁，叫人家怎么看我？”

“她现在不是在你那里做财务吗？”老侯说。

“错了，”王清波用那个曾经中毒的中指点着老侯，“这个阿萍不是萍子，这个阿萍，这个阿萍……”

“这个阿萍怎么样？”老侯毒毒地点头。

“不是同一个人。你知不知道？这个做财务的阿萍是老六的老婆，老六就是那个导演，那个导过《一夜失恋》的导演，后来老六出事死了。阿萍没地方去，我就让她来这边工作。”

“你和老六什么关系？”老侯问。

“我找工作时，他帮助过我。”

“你和阿萍到底什么关系？”老侯又问。

“我和她是纯洁的朋友关系……我是她老板，我在照顾她，她是我朋友的妻子。”

“你们到底……”老侯不依不饶。

“我和她真的很清白，在厂里她帮我管财务，在宿舍里她和我同住一套房，但不是同一个房间，是合租，有时帮我料理一些家务活，真的是纯洁的朋友关系，你懂吗？”

“知道了，”老侯说，“那么阿春的事？”

“阿春啊，我不就推了他两下嘛。”

“打人是不对的嘛。”

“是，我知道打人不对，但那小子也太气人了，《业务报表》都填假的，连电话都随便编，厂名地址全是假的，根本不存在。”

“也不至于打人嘛。”

“你说什么？你没搞错吧？我要管理一个企业，没有一点魄力怎么行？像这样的事要是经常发生，我这个工厂还办不办？”

“你至少要合法经营。”

“我怎么不合法啦？”

“总之，打人是不对的。”老侯打断他的话。

“打人当然不对，但要怎么的嘛，到最后不就是多算了点工资给他嘛，还能怎么的？”王清波说，“那天我也喝了点小酒，自然就没能控制住，加上我爹爹那天刚好打个电话过来，心里烦透了。”

“你爹又惹你了？”

“我爹那天说得很多，不明白怎么那么多话。”

“很简单啊，他老人家也喝了点小酒。”

“可能吧，他说他这辈子没有什么成就，就是把一家六口从农村搞到了县城，那骄傲。”王清波啧啧嘴。

“那是没错，不简单啊。”

“但接下来，他问我这辈子能干点啥？”

“你也不错啊，你从小县城干到了大城市，还是个特区。”

“你才是真不错。”王清波伸手要拍老侯。

“别，”老侯说，“你是真的也不错，还做了老板，小时候谁能想得到啊！”

老侯大笑起来，王清波则摇摇头。

“不扯这么多了，我现在只想增加业务，这些小事就让马浪去处理吧。”

“他行吗？”

“行啊。”

“那你怎么把阿健开除的？”

“开除，没打他就不错了，厂里面这么忙，他还请假半个月，不跟我打招呼，把我放哪里？”

“我听说他的请假条，马浪签了名的。”

“马浪？他够级别吗？我就是要他好看。”

“他不是你任命的行政主管吗？”

“你？你不清楚这个事，就不要乱说了。”

“我乱说？我是在帮你，你再这样搞下去，这个厂不出三年就会不行了，到时你怎么弄？”

“我不信，我现在业务越来越好。”王清波又伸出那个曾中过毒的中指，“你们这些常年只知道拿笔骂人的人，迟早会得罪人的。作为朋友，我劝你小心点。”

“王清波，”老侯叫着他的名字，“将来包装纸品行业一定会有很大的变化，你听我的准没错。”

“就凭你？”王清波不屑。

“好，我不说了。”老侯推开车门要走。

王清波伸手拉住他。

“好了，你不要现在走嘛，有话好好讲……”

这时有交警过来，示意这里不能停车，王清波没动。

“我可以听你的。”王清波说，“但是，马浪不能开除，这小子干事还是有一套的。”

“他会搞出很多事的。”老侯说出这句话时，声音特别大。

“他翻不了天。”

“但愿你的判断没错。”

交警走到车边，敬礼，“不能停车。”

“车子有点问题。”王清波故意装着很为难的样子。

“有问题就叫拖车。”

“不用，不用，我们自己弄一弄就可以的。”

“不能超过三分钟。”

“好，谢谢。”

交警走后，老侯又问：“马浪现在在干什么？”

“在设计假山，做个篮球场。”

“做这样的事倒没什么关系，记住别拿钱给他。我看人很准的。”老侯说。

“我知道了。”王清波更相信自己的判断。

来料加工企业，原料是进口过来的，也必须全部按出口走，所有客户都要有全额转厂指标，否则死路一条。

马浪双手搓着衣角，低着头始终不说话。

那天晚上接到电话，王清波急急忙忙地订机票。第二天早上赶到家，看到母亲好端端地坐着，就知道是上当了。

王清波的老婆买菜回来，做了一大桌子菜，一家人围着吃。

吃饭时，王清波想起厂里的事便打电话给马浪，说自己到外地考察，厂里的事就让他多操心一下。马浪说没问题，只是伙食费怎么办。于是王清波又打了一个电话给阿萍。王清波的老婆在旁边看着看着眼泪下来了。

王清波一时慌了，问：“怎么了？”

他母亲叹一口气说：“儿啊，你发达了怎么能把家都忘了呢？”

王清波说："没有啊，我真的很忙，厂里的纸板线要开，要做的事情太多了。"

王清波老婆说："那你每次打电话都不耐烦地问还有没有事，就着急挂了。"

王清波一时语塞。

王清波母亲又叹一口气说："男人太发达不是好事。"

王清波赶紧解释："我真没有乱来。"

王清波老婆说："你不要骗我。"

王清波说："我没有骗你，我真的没乱来。"

王清波老婆的眼泪又下来了，伤心地说道："刚才那个女的是谁，你怎么跟她说话眼睛都发亮了，还左问右问关心人家的身体啦，晚上早点休息啦，你从来没有这样关心过我。"

王清波抬头想说几句，却莫名地语塞。

王清波的儿子拿出一摞照片指着上面的阿萍问道："是不是这个阿姨？"王清波抢过来说："你别添乱了。"

王清波母亲说："清波，儿啊，你真的变了，不再管家里人的事了。"

王清波说："妈，您真不能这样说，我工厂里的资金那么紧张，还抽出几十万元在临街盖这幢房子，光靠收租就够一家人生活费了，我这还不是顾家吗？其实我在外面赚的钱都是给家里人赚的。"

王清波老婆说：“你在外面赚多少，我们怎么知道？”

王清波说：“那还不是你不愿意丢掉这个铁饭碗，不愿意出去吗？我都叫你去帮我，是你自己不去的，现在纸箱厂很难做的，广东已经有一万多家了，没有几家能真正赚钱的，我那个厂也刚刚有点起色。你们这样是在逼我，我真的不希望这样，我没有想到你们会变得这样不可理喻！”

王清波老婆说：“是的，我就这样不可理喻，你是不是不想和我过了？”

王清波听老婆这样说，便回了一句：“如果长年这样是不如离了算了。”

王清波的老婆于是大声哭起来，气得打电话给自己的弟弟们诉苦。

几个五大三粗的舅子闻讯急忙赶来，架起王清波就要动手打人。

王清波赶紧说：“别，有话好好说行吗？别打我的脸，我还要见人的。”话未说完，眼眶挨了一记重拳。

回到厂里，马浪说：“老板您这趟考察可吃了大亏了。怎么还受伤了呢？”

王清波气得直瞪眼。

阿萍则坐在一边心疼地抹眼泪。

王清波没想到祸不单行。

海关的合同手册下来，总数五千吨，却规定牛卡纸与芯纸的比例规定是 4 比 1，这与工厂实际需要的 2.5 比 1 的比例相差太大，没法做。马浪便自作主张写了一个详细的报告给海关，详细说明这个问题。第二天，海关转厂科来了两个关员，专门来了解他们工厂的情况。

碰巧这时香港纸行发来传真，五千吨原纸已经订好，银行第一批资金也已经到位，本月内将有一千吨原纸送来。

王清波忙打电话过去说能不能先不送，那边问是不是有什么问题。

“不是，”王清波果断地说，“只是仓库有点紧张。”

“再租个仓库吧，花不了几个钱!”

“是，是，谢谢。”

王清波心里清楚自己的底子，如果原纸不断地来，纸板线不开工，资金周转不过来，纸箱线的那点利润连贷款利息都应付不了。

“怎么办？”马浪问王清波。

王清波扭头不理他。

阿萍过来安慰王清波。

“马浪。”王清波提起精神。

“老板。”

“从今天开始，纸板部停止招工，招好的人员先放假，原纸来了保管好，纸箱线的业务照常进行，我和阿萍要去一趟外地，你和阿珺多关照一下。”

“要我一起去？”阿萍张大嘴巴，感到很意外。

黎明时，走出这个小岛中沉重的木屋，王清波本是想看一看天色，没想到景色却是这么的绚丽，还有些暧昧。

月牙还在西边的云彩中荡来荡去，东边的色彩就突兀地来到这个世界，一轮红日升起，青色的岛礁和暗色的海面立刻就有了遥远而分明的海平线，天空变化生动，活灵活现起来，高远的蓝天与飘逸的红晕组成一幅美丽的画作。

“好美的风景啊！”阿萍说。

日头越长越高时，天空逐渐高远，一切都越来越清晰，云彩也越来越悠闲，海面的广阔越来越真实了。

“人的心灵就应该比什么都高远吧。”王清波说。

“可喧嚣的尘世啊，”阿萍说，“人们往往心性浮躁。”

“是啊，好久没有看过这么真实的天了。”

“你太累了。”

“是啊，真的太累了。”

远处送来一袭轻风，吹在脸上清凉清凉。

“像我妈给我唱的催眠曲。”王清波说。

“你千万别……”

“没事，我只是太累，感觉累就容易产生绝望，但想想只要过了这道坎儿，其实没什么大不了的。”

“是啊，我最清楚你的累了，累了就要休息，千万别硬撑。”

“我没法休息。”

“那你更需要休息。”

“我突然觉得我们像玻璃瓶子里的苍蝇，外面看起来光明，但没有前景。”

海水渐渐涌上来，没过了王清波的脚，他索性踢掉拖鞋，在无人的海边漫步起来。

回到工厂，王清波精神抖擞，晚上看着货仓里堆得像山一样的原纸心里也不再感到烦闷了。

经过各方面的调整，纸板线准备十天后正式开工。

王清波让马浪赶紧招工人，调试机器；自己则开车跑海关、工商、税务等部门。

那天晚上，阿萍敲开王清波的房门，急切地告诉他原纸涨价了。

“涨多少？”王清波瞪大眼睛问。

“每吨三百块。”

“是吗？”王清波已经清楚堆到货仓里的东西值多少钱了。

第二天开会时，王清波问马浪面对这样的形势该怎么办。

“老板，您这么客气干嘛，您的意见就是我的意见。”

“趁价格高赶快开工。”有人说。

“不，”王清波站起来说，“人都还没到齐，机器也还没调试好，推迟半个月开工吧。”

该开工的日子到了，货仓里已经有两千多吨原纸，并且国外的纸还在不断地运进来，此时每吨原纸的价钱比一个月前已经涨了近一千块。

于是，王清波决定开工。

“卖掉它。”马浪说。

王清波吓了一跳，要知道倒卖原料是违法的。

“现在不是有补税措施嘛，不算违法的。”马浪坚定地说。

王清波恍然大悟起来，马浪这小子关键时刻还真有点小聪明，便立即联系买家。

所谓联系就是挑选，就是谁拿现款就给谁货。很多地方都缺原纸，不愁没人要。

这边工厂还没有开，大批卡车已轰隆隆地开进厂来，拉着原纸又轰隆隆地扬长而去，大批的款项便打进了王清波的账户。

即使是这样的形势，王清波也没有像以前赚点钱就喜形于色，直觉告诉他也潜伏着危机，果然三天后香港纸行借口价格波动太大不再供纸。

“他们这是违约啊，”阿萍说，“我们可以去告的。”

王清波看着阿萍笑了。

“我们开工可没有纸用了。”阿萍说。

“总会有办法的。”王清波说。

阿萍不再说话。

纸板线终于开工了。

让王清波非常意外的事情发生了，马浪和阿珺拿着全厂员工一个月的工资跑了。

“这俩人也太不是东西了，见利忘义，报警，一定要找到他们，要他们付出代价。”阿萍说。

“算了吧，”王清波看着阿萍的眼睛，“天要下雨，娘要嫁人，随他们吧。”

这个时候，王清波忽然想起老侯说的话，幸好自己没有把大额资金交给马浪保管。

王清波的老婆坐在那把厚实的老板椅上，王清波在旁边整理着所有的手续和资料，一一递给她，并交待：“你还可以去起诉香港纸行，那律师告诉我可以索赔两百万，有不清楚的或是要帮忙的你就找我那同学，他一定会帮的。再不行，你告诉我，我自己来找他们。”

王清波的老婆无奈地环顾这间豪华的办公室，他们还是走到了离婚的地步，这家工厂被王清波转到了她的名下。无声的泪水淌到她略显苍白的脸上。

“好了，就这些。”王清波缓缓地说道。

“我签字。”他老婆拿过那张离婚书，在上面签上了自己的名字。

“谢谢你，”王清波说，“你真的是个好女人，是我自己没有福气和你在一起，是我辜负了你，也谢谢你把儿子留给我。我会记得你的好，你真的是我美好的回忆。”

“还是忘了我吧，希望不要打扰彼此的生活。”

王清波点头，表示一定的。

厦深线终于开通了，明净的列车上，王清波和阿萍相拥着看窗外的景物。

“梦，不就是一场梦嘛。”王清波说。

“本来就是一场梦。”阿萍说。

王清波拉过阿萍的手，手指交叉地捏紧她。

“我们这是要去哪里？”阿萍闪着明亮的眼睛。

“去圆梦啊。”王清波说。

“去圆梦。”阿萍轻声地说，慢慢地睡去。

王清波也渐渐地迷糊起来，仿佛又看到了那一群奔跑过来的小孩，还有那个三分远投球的篮网。

报　答

“爹，我来晚了……”身材魁梧的王永生，跪在荒草长出半尺高的坟面前，哭得上气不接下气。

邻居海亮叔叔坐在不远处，看看情绪崩溃的王永生，神色复杂地叹了一口气……

一九八七年的冬天，光棍汉老王穿着又脏又旧的大棉袄，推着木轮子推车，心情很畅快，随口还吼了两嗓子样板戏。一只手扶好车架子，另一只指甲里充满黑淤泥的手，则紧紧贴一贴胸口上衣处，那里鼓鼓的是一摞有零有整的钞票，他刚给食品站送了一头肥猪，卖了八十六元钱——一笔巨款。

老王是外来户，那个地方算是城乡接合部，他却没有地，只能靠割草养猪、捡破烂为生。

在村子里，外来户老王还算是个名人，这个名可不是什么好名，因为他是村子里面唯一的光棍汉，在当时的乡下，不管是本地人，还是外地人，光棍汉都是让人瞧不起的。

卖猪有了钱的老王，心里美滋滋地寻思着，这么冷的天，买两瓶酒，再割上八两猪头肉，是美滋滋、热乎乎的大餐。

“哇……哇……”老王正随着土车的颠簸，摇头晃脑地想着美食，被突然响起的婴儿哭声打断了。

老王放下车，顺着哭声，找到一个被棉被包裹住的孩子。孩子的脸蛋冻得通红，眼泪鼻涕沾在脸上，都结了冰。或许是孩子感觉到老王靠近的缘故，或许是孩子太冷了，又或许孩子是饿了，总之，孩子发出的哇哇哭声更加响亮了，在冬天的寒风当中，传出去老远。

“喂，谁家的孩子丢在这儿了……”老王顶着寒风叫嚷了两声，没人答应，他知道了，这个孩子是个弃婴。

总不能把孩子丢在这儿不管吧，老王抱起孩子，四周转了一圈，想找孩子的父母。最后，老王把这个孩子带回了家。卖猪换来喝酒的钱最终被老王买了奶粉。

“海亮，你有学问，给孩子起个名字吧。”老王抱着孩子去邻居海亮家串门。

“老王，你可想清楚，你自己一个人生活都有些困难，再带一个孩子，这日子怎么过下去啊？”海亮想劝老王慎重考虑，但看到老王脸上坚决的表情，便不再说什么了。“孩子跟了你，也算有了新生，就叫王永生吧。”

老王听了很高兴，不断念叨着孩子的名字，像捡到了宝贝似的。

王永生是吃百家饭长大的。这孩子从小就很懂事，比村子里其他同龄孩子都早熟，会主动帮着老王喂猪、捡垃圾，很机灵也很听话。

随着孩子一天天长大，读书的事情被提上日程，镇里小学鉴于老王这情况，减免了王永生的学费。

开学那天，老王背着王永生去了。老王为了报答学校就义务为学校收垃圾。老王的垃圾车成了校园里一道亮丽的风景线。

“你爹是收垃圾的啊？”有同学对王永生说。

“我爹是义务为学校收垃圾的，是做好事！”王永生骄傲地回答。

“谁信呢！”同学翻个白眼走了。

类似这样的对话多了，王永生脑海里一出现老王收垃圾的样子，心里就有点不舒服。

晚上，王永生对老王说：“爹，以后你能不能不要来学校收垃圾了？”

老王愣了一下，说：“孩子，答应人家的事情再难也要做下去。”只是，从那以后，老王去学校收垃圾的时间改了，他总是等所有学生都放学离开了，才一个人推着车，摸黑进学校清理堆积的垃圾。

王永生再没看到老王收垃圾了，他暗自松了口气，再有同学当着他的面说这事，他会毫不犹豫的跟对方干上一架，并且在完事后，还会骄傲地跟对方说：“答应人家的事情再难也要做下去！”

上中学后，王永生有些叛逆，接触的人多了，除了学习成绩没有上去之外，其他东西都上去了，他会拉着一帮臭味相投的小伙伴，一起欺负同学，是孩子头儿，但成绩也还行。

老王却慢慢老了，腰背都伛偻了。他每天的生活还是一成不变，只是不再养猪了，到一个公司里面做起了门卫。即使王永生离开了那所小学，老王还是每天抽时间过去收垃圾。

那次，王永生考试有了一些进步，获得了班级进步学生奖，学校要求家长到学校上台发言，一是对家长的表扬，二是希望家长能向大伙儿传授家庭教育经验。

把这个消息告诉老王的是海亮，他女儿在同一所学校。那天也是海亮拉着老王到学校的。衣服破旧的老王，走在校园里面，惊慌失措得像个孩子。他心里记着王永生的班级，但不敢走过去，因为孩子没跟他说过。

“你找谁？你是哪个学生的家长？”有老师问老王。

老王报了王永生的名字，这老师皱起眉头，“不对啊，王永生的家长已经到了啊，正代表学生家长在台上讲话呢……”老师硬拉着老王，把他带到了王永生的班级求证……

那天晚上，老王把海亮叫过来，三个人谈到天亮。

“永生，”老王对王永生说，“你已经大了，今天我告诉你真相，我确实不是你的亲生父亲，但，我挣的每一分钱都是干净的。”

“你不能这样对你爹，”海亮对王永生说，“当年不是老王，你早已经冻死了。”

“我……”王永生说不出话来。

高中毕业后，王永生选择去当兵，一去就是五年。2008 年他所在的连队去了汶川，之后他被选调到国防单位。

老王又成了一个人，还做着门卫，还去小学收垃圾。只是不再有人提起那些嘲笑他的学生，也很少有人提起王永生，人家告诉他，反正也不是你亲生的。

老王的病是肝癌，发现时已经是晚期了，海亮把他送去医院。医生把海亮叫到旁边讲老王的病情，老王后来猜到了自己的病情。海亮想打电话给王永生，被告知王永生在执行任务，不能回来。

最后的日子是海亮照顾着老王，老王把这么多年辛辛苦苦积攒下的钱，总共七千元，有零有整的七千元，交给海亮，说：“这钱，你帮我留给永生，他用得着。”

2017 年的夏天，王永生回乡探亲时已经是南海舰队某舰舰长，海亮捧着这笔零整分明的钞票到他面前。

跪在老王的坟前，王永生泣不成声。

“你爸爸虽然没有文化，但他知恩图报。当年逃荒，我们村里收留了他，他给我们义务看护鱼塘、山林。为了能让你上学，他还义务给学校收垃圾。他对你有养育之恩，你虽然没有机会孝敬他本人，但你在报效国家，我们以你为骄傲，老王一定很高兴的，不白疼你一场。”海亮说。

“爹……”

父 子

王树金是 1995 年来深圳的，一直在家具工厂做打磨工。打磨最早不是一个正式的工种，是杂工顺带做的事情，后来，产品要求上严格细致了，便有了专门的打磨工。老王起初是个木工学徒，总不得要领，那次师傅让他去贴一块木皮，他无意中碰到了切刀开关，受了很严重的伤，构成了伤残，老板赔了一笔钱，还承诺只要这个企业还在，他可以一直在这里做。老板让他专门去打磨，在这个工种上老王做得还好，挣钱养家，还带出了很多的徒弟。

王小金是老王的儿子，在深圳出生但成长在四川老家，跟着爷爷奶奶长大，初中毕业没考上高中，便过来深圳随父母一起生活。

王小金跟着母亲杨秀萍走进租住屋时，看到王树金面色很阴沉，像秋天里的茄子，便低着头不敢说话。

王树金抬起头看了看小金。王小金心里被看得毛毛的，便故意转过头看着母亲说："昨天我去找了老同学，他答应帮我找工作。"

"你同学？"王树金鼻子哼了一声，"他自己都是个二流子，自己都找不到工作!”

“你还是我爸不？怎么能这样说话!”王小金的脾气也上来了。母亲忙过来拉住小金，流下了眼泪。王小金看看倔强的父亲和无助的母亲，摇头不再说什么，进了里屋。

“要吃你自己吃，别给我!”外面传过来打雷般的声音。“这是小金特意买的，你不是最爱吃酸菜包吗，尝一个。”

“吃啥吃！我有啥胃口吃，狗还没吃呢，让它吃去!”说着王树金一把夺过妻子手里的包子，走出去几步丢给了摇尾欢跳的老土狗。

王小金不知道是啥时候睡着的，醒来后太阳升到了正中央，阳光透过窗户洒到床上暖洋洋的。他爬起来穿好衣服，发现家里空荡荡的就他一个，父母不知去哪儿了。他的肚子咕噜咕噜地叫唤，但没啥胃口，简单洗漱了下，坐在床上发了会儿呆。他到厨房自己弄了点面条吃，便走出了门。

不知道走了多长时间，不知道走出去有多远，一口气在胸口盘旋，怎么走都消散不去。像被一个个露出狰狞面庞、张开血盆大口的猛兽撕咬，痛彻心扉的感觉袭来，让他连呼吸都觉得困难。他想到了远方的爷爷奶奶，想到了刚来深圳时凭着自己身强体壮，在父亲那个工厂里面做杂工，父亲让他学打磨。他死活不干。“夕阳工种!”王小金恶狠狠地说。十几年了，父亲一直在深圳龙岗区的家具公司集中地附近做他的本行，也一直租住在龙东村后面低矮的铁皮出租屋里面。

那天，王小金在东部花卉城闲逛时，碰到有人在柳云影的花店里面敲诈。他二话没说，上前帮忙，推搡中自己的手机掉在地上。柳云影打了 110，派出所的干警很快赶到，带走了两个闹事的小混混。

王小金就近找了家手机维修店，主板坏了，加上换外屏花了将近四百元。柳云影跟上来抢着付了钱。王小金推辞一番作罢，其实他自己身上还真拿不出这么多钱。

柳云影请小金到她店里面吃饭，在回花店的路上，王小金的电话响了，是母亲杨秀萍打来的。犹豫了一下，王小金接起电话："妈，啥事啊？您吃饭没？"

"妈已经吃了，你在哪儿呢？你爸气消了，听妈妈的话，你回来吧。"杨秀萍有些疲惫地说，显然昨晚没睡好。

"我再冷静几天吧，别担心，我都这么大了，找到工作了。"

"这都半个月了，你一直不回家，你找的啥工作？待遇怎样？单位的人没给你脸色吧……"

王小金打断了母亲的唠叨，说："妈，我都这么大了，您放心吧，我能照顾好自己，不忙了我就回去看您。我要工作了，就先挂电话了啊。"

了解了小金的情况后，柳云影便要小金留在她店里帮忙照看生意。"工资给不了太多，但一定不会亏待你的。"她说。

柳云影离婚后，独自带着女儿彩儿经营着这家花店。王小金没有丝毫犹豫就答应了，实际上他也没有其他选择。

时间过得快了起来，转眼半年过去了。王小金在花店里面做得很开心，在家里没有得到的温暖在这里得到了。经过几个月的接触，柳云影对王小金自然而然也产生了一些好感。虽然她是一个离异女人，但其实只有二十四岁，也就比小金大三岁，俗话说，女大三抱金砖，就是说他俩的。两人虽然相互有了好感，但都没有捅破那层窗户纸。

柳云影决定主动出击。

她先和彩儿进行了一场极为严肃认真的谈话，“彩儿，如果妈妈要恋爱结婚，你会不开心吗？”

彩儿虽然还小，但也已经知道很多事了，她萌萌地看着美丽的妈妈问：“妈妈要和小金叔叔谈恋爱结婚吗？你们会要小宝宝吗？如果你们有了小宝宝，妈妈还会像以前一样对彩儿好吗？”小丫头想得真多，问到最后，小脸蛋上竟然出现茫然的神情。

“当然会！彩儿永远都是妈妈最疼爱的小宝贝！”柳云影毫不犹豫地给了女儿最肯定的答案，“但是彩儿要先告诉妈妈，彩儿喜欢小金叔叔吗？如果让小金叔叔来当彩儿的爸爸，彩儿会不会开心呢？”

彩儿认真想了想，稚嫩的声音洋溢着某种欢快和期盼：“彩儿见到小金叔叔就会很开心，因为他愿意和彩儿玩，他还会讲好多好听的故事，彩儿最喜欢听小金叔叔讲故事了。”

彩儿的小脸蛋儿上出现一丝惶恐和期盼，接着又欢快地说：“彩儿要有爸爸了吗？妈妈，你们结婚了，小金叔叔是不是就要搬过来和我们一起住？如果每天能看到他，彩儿一定会很开心的。”

“嗯，彩儿会一直开开心心的，彩儿一直都是妈妈的贴心小宝贝！”柳云影搂着彩儿，母女俩紧紧依偎在一起。

彩儿睡着后，柳云影拿起手机轻轻走出来关上卧室门，犹豫了片刻，终于下定决心拨通了王小金的电话号码。

“喂，云姐，我刚好要给你打电话呢，你的电话就进来了，我们还真是心有灵犀呢！”对面王小金的声音听起来很高兴。

“哦？你给我打电话有啥事儿吗？”柳云影内心激动又忐忑地问，她不知道王小金想说的事情是不是和她一致。

柳云影对小金讲了她的经历。她和前夫的老家都是梅州的，两人是同学，结婚前感情很好，没想到婚后，前夫不走正路。年迈的父母眼睛都哭肿了，眼泪哭干了也挽回不了他的心。不到三年，父母在深圳打拼来的房子、车子全部都被他败光了。柳云影起初对他还抱有希望，希望他能够回头，次次都原谅他，没想到他根本就没有悔改的决心，只好离了婚。前夫不知悔改，最后走上了犯罪道路，被判刑。前公公、前婆婆感觉无颜再在深圳待着，回了梅州老家，留下柳云影带着小女儿在深圳艰难度日。好在柳云影自己的父母也在深圳，日子过得还算平稳，时不时地过来帮帮她。

王小金之前没有恋爱的经验，在柳云影面前像是弟弟一样。对她先是感激多些，不敢有非分之想。随着柳云影态度的公开，小金便全身心地爱上了这个大自己三岁的女人，沉浸在温柔乡里，已经无法自拔。

他们决定先去见见柳云影的父母。柳云影的父亲很和善，母亲相对强势一些，他们都对王小金很满意。王小金的待人接物、谈吐交谈更是深得两位老人的喜欢。王小金也把自己的家庭情况跟两位老人讲了，也坦承了自己同父亲的隔阂。

“你们毕竟是父子，应该没有什么解不开的疙瘩。”柳云影的父亲说。

“我家云影这些年受了不少苦，”母亲做总结，“我们老两口唯一的愿望就是她能找个依靠，过得开心些。你是个好小伙子，一辈子的事，人好比啥都重要。”

那天，王小金趁叔叔到家里来，就把柳云影带回了家。二姨、二姨夫以及舅舅、舅妈都来了，一家人围到一起吃了顿饭。

菜肴陆续上桌，已经很久不喝酒的叔叔破例给自己倒了一杯，他端着杯子站起来环视众人说：“既然这个饭是我召集的，那么就由我给大家开个场。今天有个喜事，我们王家的长孙小金，带着女朋友来了，我说哥啊，你别绷着个脸，来，喝一个。”

王树金看着众人，露出一副比哭还难看的笑容。柳云影则大大方方端起酒杯，敬了各位长辈。

“我觉得你们应该坐下来好好谈谈，”回来的路上柳云影对小金说道，“毕竟是父子，没有什么不可化解的矛盾，你们缺少沟通。”

“我愿意，”王小金叹了口气，“但他那态度，脑筋太陈旧，没法沟通。就说今天，大家都夸你漂亮，他却说狐狸精都漂亮。你给他们敬酒，他却说这跑江湖的一套怎么搞到家里面来了。”

回到店里面，晴朗的天空突然下起了大雨。

暴雨下了两天，总算停下来了。放在桌子上的电话响了，王小金一看来电显示不想接，铃声不屈不挠地响着。他给柳云影摆了个手势，拿起手机走到阳台上。

“爸，有事儿？我妈呢？”王小金尽量让自己的语气平静柔和。

“别跟我扯别的，我把话撂这儿了，你原来找了个结过婚的，还带着一个女儿？这个事情要是传到老家，我这脸还要不要了？我劝你趁早断了，这事我肯定不同意，天塌了都不行！”王树金的声音越来越大。

“这事我没有刻意隐瞒你，我妈一直都知道。”

“你妈知道？她就没跟我说过，你们两个人合起来骗我！”

“您积点口德行不行？”王小金用极低的声音咆哮着，“这是我自己的事，和您没关系，您没资格发表意见，没别的事我挂电话了。”说完他不给王树金留有说话时间，便挂断了电话。

“怎么了？”柳云影轻轻走了过来。

“没事。”王小金挤出一个笑容。

“混账！翅膀硬了敢挂我电话！”王树金这边暴怒，盯着已经挂断的电话愣了愣，按下重拨键。

手机铃声又响起，王小金瞄了一眼直接按掉了，铃声又起，再按掉，顺手把手机关掉了，顿时感觉世界清静了。

王树金不死心地一次次拨打，直到听到对方已经关机的提示音。他像一头熊愤怒地蹭一下站了起来，然后跑了出去。

“你要干吗去？”杨秀萍急匆匆追了出去。

王树金头也不回，怒气冲冲地说：“我去找那个小混蛋！”

晚上十点多，王小金准备睡觉了，最终叹口气把手机开机，果然一连串的未接信息接踵而来。

王小金先给妈妈回了一个电话，得知父亲还没回去。他这次没有犹豫，直接翻出父亲王树金的电话号码拨了过去，态度很诚恳地说：“您先回去休息吧，您出去多久我妈就跟着担心了多久，今天大家情绪都很激动，我明天回去，回去我们一起好好谈谈吧。”

“你在哪里？”电话对面王树金的声音出乎意料的平静。

王小金愣了愣，在他印象中，父亲从来没有用这种语气和他说过话，相比这种语气，他宁愿听到那个人愤怒的咆哮。“你不用管我在哪里，我说了明天回去就肯定回去，难道我们之间连这点信任都没有？”

“告诉我你在哪里，我说了，今天找不到你，我不回家，你不告诉我，我就在龙东一条街一条街找，一家一家问，我知道那个女人在东部花卉世界开店。”王树金的声音还是那样令人绝望的平静。

王小金嘴角露出苦笑，他知道如果他不说，父亲真的会一晚上在龙东转悠着找他。王小金说了出租屋的位置后便挂了电话，躺在床上。太安静了，安静得可怕。

十分钟不到，敲门声响起，王小金打开门，他父亲王树金脸上没有一丝表情，他身后还跟着大姑家的大哥。这个表哥三十多岁的人也受不了现场的气氛，他忐忑地看着这对父子的表情，有些不知所措。

天哪！父亲居然租了一辆“货拉拉”车。

“上车!”王树金说了两个字，然后不理王小金直接转身向车子走去。

王小金反应慢了一拍，他不知道自己当时想了些什么，或许什么都没想，他听从了父亲的命令，行尸走肉似的跟着王树金上了车。

车子驶出小区进了街面，这个时间段，深汕路上还是川流不息的车流。

“那个女人家在哪里？我要见她的父母。”将近十分钟的沉默后，王树金突然冒出这么一句话。

王小金没有回话，到这个时候他还不打算死心吗？

“我问你，她家在哪里？”等不到王小金的回答，王树金提高了声音。

王小金不想和父亲说话，他在回味柳云影的话，沟通，信任，他确实生起想沟通的心思，所以他才在电话里说明天会回去，但是父亲这个态度是什么意思？他给了自己想要沟通的余地了吗？他用他那冰冷强势的语气又一次把王小金想要缓和的心思掐断了！

“靠边停车。”等了两三分钟没听到王小金说话，王树金突然让司机停车。

姑姑家的大哥想要说点什么，嘴唇动了动最终什么也没说。

王树金推开车门，一只手突然抓着王小金的衣领，一股不可抗拒的力量从那手臂上传过来，王小金直接失去了平衡，被王树金一把拉了出去。

毫无预兆的一巴掌扇在王小金的脸上，他连躲避的想法都没有了，他的心在这一刻突然冷得发寒。王小金盯着他父亲，突然放声大笑起来，索性把脑袋主动凑了上去，疯狂咆哮：“来，打，你打死我！你打死我算了。”

“这么多年我供你上学你不上，让你跟着我干活你不干。现在，你要跟着那个女人！不行！就是不行!”

“打吧，从小起，我一年也见不到你几次，给我钱花怎么啦？我还以为你厉害风光，来了深圳才知道你过得这个熊样，我要有自己的生活，我不愿意像你一样!”王小金声嘶力竭地吼道。

大哥忙从后边抱住王小金：“小金，快到车里去。”

大家上车后，狭小的空间里面变得安安静静的。

“她家在哪里？”王树金面无表情。王小金抱着双臂不愿理他。

“不说，是吧？”王树金对着司机，“师傅，你沿着深汕路，一条街一条街走。”

车到兴东大街，王树金跳下车，对着小区门口就喊：“柳云影，柳云影。”

王小金忙上前阻止道：“别喊了，不嫌丢人。”

“你不说，我就进一个一个小区里面去喊。”

“好了，我告诉你，在岗背村里面。”

车上，王小金发了个信息给柳云影，简单说了下情况。车子到楼下时，柳云影的妈妈打开了院门。

“是小金他爸爸，快进来坐吧。”说话的是柳云影的母亲。

“你们怎么教育女儿的，她还带着一个孩子，却来勾引我儿子？我儿子还是个未婚小伙子啊。”王树金一字一口唾沫。

“孩子和周围邻居也都睡了，不要这么大声。”虽然王树金说话不干不净，但柳云影母亲强忍着，她是不想把事情闹大。

“嫌我大声？我呸！我就是要把嗓门提到最大，让邻居都听听，让他们都过来评评理，你们这家人的人品从根子上就有问题！”王树金的嗓门跟喇叭似的。

“哇……”熟睡的彩儿被惊醒了，吓得哇哇大哭。

王小金觉得头好疼，站在那儿晕得厉害。“你的头……”柳云影指着王小金头上肿起的大包。“他打的，我现在头晕得厉害，陪彩儿坐会儿，你出去看着，我这会儿头疼得厉害。”

柳云影把门关上，走了出去。另一个屋子里的人彻底争吵起来了，主角是王树金和柳云影的母亲。

“小金叔叔，他们在干吗？说话最大声的人是谁？好凶啊！”彩儿睁大眼睛问道。

王小金抱起彩儿走进里屋，安慰道：“别怕，他们在唱戏，让他们唱吧，我们就当听歌曲好了，彩儿不是最喜欢唱歌吗。”

吵架声越来越激烈，王小金感觉脑袋被震得嗡嗡作响，内心深处涌起一股苍凉，他想压制，拼命忍着不想爆发，更关键的是他不知道从哪儿爆发，去哪儿找爆发对象。柳云影父母？人家没错，他也没这个资格。自己的父亲？对他，王小金已经彻底失望，甚至绝望到极致。

手机提示音响起，屏幕亮了，短信是柳云影发来的：“我妈被你爸气哭了，你打算在里面坐到什么时候？你还是不是个男人？”

王树金说的那些话他又何尝没听到？这个父亲？这还是父亲吗？王小金放下彩儿，摇摇晃晃地走出来，轻轻拉上门，直接来到厨房，找出菜刀右手紧紧地握着，走到客厅。

“你还想闹成什么样？我死了是不是可以消停了？”王小金把刀架在自己脖子上。

王小金用决绝的态度面对王树金，他是在宣誓为了柳云影，他甚至可以牺牲生命。

静寂，短暂的静寂。

柳云影捂住嘴巴，泪水像断了线的珠子似的不断掉落，她的父母盯着王小金。

“不！”王树金疯了似地扑上来，偌大的身躯直接压过去，啪的一声脆响，他直接压坏了那张茶几。

旁边清醒过来的表哥下意识扑上去夺下王小金手里的菜刀，然后又跟触电似的一把丢了出去，发出噼啪脆响。看看王小金，又看看趴在小茶桌上的王树金，他不知该怎么办。

王树金突然一把抱住王小金放声痛哭起来！

是的，这一刻他明白了，自己的儿子已经长大了，自己的思想也落伍了。只要儿子自己觉得幸福，他又能强求什么呢？

两个月后，王小金跟着父亲王树金进了那家家具公司，干起了打磨的工作。

半年后，王小金硬是把柳云影给娶了。

流　年

人们都在说“逃离北上广”，唯有深圳人说“来了就是深圳人”。

王金明是1997年看完香港回归的电视转播，才下定决心南下深圳的。

2003年，在龙岗，王金明从一个电子公司的仓库主管跳槽到一个家具公司做物控部经理，听说马上要被提为生产副总，但任命书却迟迟没下来。他的妻子原本跟他一起在那个电子公司上班。

当年，他的妻子在那家电子公司做财务工作，第一次是财务总监带着她来仓库查账。王金明当时是仓库的主管，有点傲气，不太把财务人员放在眼里。当她出现在眼前时，他突然眼前一亮，心里立刻认定了这个美女就是他将来要找的老婆。财务总监是个从东北老工业区国有大厂出来的老领导，他这点心思人家一眼就看出来了。

从那天开始，财务总监便时不时地给他俩创造机会，经常派她到仓库查账、巡查什么的，王金明也总被财务找去财务部。不久，他们便确定了恋爱关系。一年后，公司一位副总跳槽到这家家具公司，便拉王金明出来跟他一起干。

王金明是跳槽到这家家具公司后才结婚的。结婚程序很麻烦，他先是向公司请假，老板听说后很高兴，说他是公司员工里第一个结婚的，要好好祝贺，随后让秘书送给他一个红包，是两千块钱。他和妻子先是请假一起到北京逛了一圈，再到妻子的老家办了十桌酒席，然后到她们家的镇里去领了结婚证。

赶回深圳后，公司里面的同事非要王金明补办婚礼。他便在工厂对面的港商茶餐厅摆了五桌，公司里面和原来电子公司的同事坐得满满的。那天很热闹，大家喝得很尽兴。

妻子不久怀孕了，便从那家电子公司辞职了。为了方便，他们花几万块钱首付买了一套房子，后来的事情证明，那是他在深圳做的最正确的一个决定，然后，他把父母也接过来照顾怀孕的妻子。

在他们住的小区里面，父亲无意中认识了一个老乡，叫李向阳，也介绍给王金明认识了。当时，李向阳在经营一家油墨厂，租了王金明他们小区的房子做办公室。王金明和李向阳来往几次便熟了，两人喝过几次酒，是王金明从家里带来的谷酒，用塑料壶装的，度数很高。那时年轻，喝酒很猛。

那天夜里，王金明妻子突然肚子疼起来，他妈妈一看，说怕是要生了。王金明一听就急了，这半夜怎么办，一下想到了那个老乡李向阳，便跑过去敲他的门。李向阳迷迷糊糊开了门，听说后，二话没说跑下楼发动了他那辆二手昌河小轿车。到龙岗中心医院已经是凌晨三点，医生被叫起来，他的妻子便很快被送进了产房。

王金明在产房外焦急地等着。

一直到早晨七点左右，一声啼哭，他女儿出生了。几个月以后，王金明被任命为副总经理，分管产品研发和生产。

2005年的时候，那家家具公司已经做得很大了。航空杂志、高速路两边都铺有广告，期间王金明也跟着老板到意大利米兰家具展参观过。老板在自己的办公室里面挂上了名家的书法作品，还开上了名车。

公司采购部有个姓戴的经理，跟公司老板是同乡，表面上关系非常好。那次是老戴在老家盖的房子落成，邀请王金明和那个喜欢打架的业务经理一同去他家里坐坐。一路无话，晚上在他家里，三个人喝了酒，谈到在公司的地位。老戴竟然哭了起来，做了这么多贡献，还一个月拿几千块钱。"你们不也是吗？"他指着王金明，指着那个业务经理。

回到公司，老戴找老板谈判，要公司股份，一下子就闹翻了。那年开春，他们三个便集体离开了那家公司，在一个老板的帮助下，跑到宝安创办了自己的家具公司。开办之初非常艰难，找不到工人，没有订单。最困难的时候，饭堂买菜的钱都没有。几个月后，通过参加展会等渠道，慢慢地有了一些订单，工人也稳定了下来。工人稳定以后，技术水平和配合度得到很大提高，产品质量有了很大提高，工厂也有了不菲的效益。

2006年，他们的工厂被低价卖给了一个香港老板。

2008年那年，汶川发生特大地震时，王金明在一个公司做副总。他带头进行了捐款。还去北京看了奥运会的闭幕式。公司是做家具用品的，他分管的是产品设计和制造，下属最多的时候有三千多人，四个工厂的产品制造的协调工作都是他在做，很辛苦，但工资待遇还不错，也充实。

那天，公司大股东，也就是大老板，突然找到王金明，开车拉他到了一个工业区边缘。

下车来，大老板用手一挥，说："这一片我都买了，我们要在这里建一个周边最大的家具制造基地，你来帮我管理。"

王金明感到很受鼓舞，表示一定好好干。工业园基建开工很顺利，隔两天过去看就大不一样，盖厂房都不是像以前挖墙根，而是打桩下去，一根根地往下打。打了桩接着开始砌，像搭积木一样一栋栋竖起来。不到半年，厂房宿舍全部完工。

那年12月，公司大股东却突然被抓。城管队伍浩浩荡荡开进来，把还未启用的厂房拔掉，建得容易，拆得也很快。王金明几次站在巨大的废墟面前，百感交集。但到底也没有弄清楚大老板是出了什么事情。

那个时候，王金明夹在中间左右不是人，不是担心自己工作的事情，而是事情没有按原计划发展，超出他的想象，很郁闷。吴海阳就是那个时候出现的。他是深圳本地人，但其实也不是深圳的原居民，他老婆是深圳的原居民，他自己则是邻近深圳的惠阳人。他有一个团队做木胶粉生意，是王金明他们那个公司的供应商。因为他管生产，一来二去就认识了，他们的木胶粉质量确实也不错，就一直使用着。他每每都说要感谢什么的，王金明从来都严词拒绝。

那天，吴海阳刚好在王金明办公室，王金明妈妈打电话过来。他女儿在家里调皮，脑袋碰到窗户上的铝合金框，划了一道长长的口子，鲜血直往外喷，人都要晕过去了。吴海阳当场二话没说，开着车就往王金明家里跑，拉上他的女儿去了中心医院。到医院挂急诊，一阵忙，缝了八针。由于很疼，女儿就在不停地动，打了镇静针才做的脑电图。医院的四千元预付款都是吴海阳垫付的，王金明要还给他，吴海阳死活不要。

后来，王金明和吴海阳合伙做了一些生意，亏了一些钱。

2017年以后，王金明不再在制造企业里面做了，注册了一个文化公司，主要做一些培训。那段时间接了朋友公司的宣传方面的事情做，很忙，经常全国各地跑。

有一天，同乡李向阳来了，王金明便找来几个同学作陪。他在大自然醉鹅酒店摆了一桌，陆陆续续又来了几个同学和老乡。菜不是主要的，重要的是气氛。王金明问李向阳：“喝点吧？”

他说那必须的，便拿来几瓶酒。几个同学说要开车不喝酒，李向阳马上接话："不用你们开车，我给你们叫代驾。"随后，大家便开喝。

半夜，王金明在家里的沙发上醒来，全身发冷，他忙跑进卧室钻进热被窝里。第二天睁开眼，妻子上班去了，女儿在客厅玩耍。王金明突然觉得肚子里面不得劲，下腹有什么在蠕动，慢慢地变成胀痛，一阵阵地袭来，不容缓解。起初他还不在意，认为动一阵子就会好了，没想到，越来越痛。终于，他挺不住了，大声叫女儿，女儿跑过来一看被吓坏了，不知道该怎么办才好。

王金明让女儿陪着他一起到了家楼下的社康中心，医生问了两句感觉严重，立马就要开转院单，女儿正要打120，那边王金明的手机就收到信息，是李向阳发来的，问他什么时候过去。原来是头天约好去李向阳的办公室喝茶的。王金明便打电话过去说他在社康中心，肚子很痛。李向阳立刻说："你等会儿，我现在马上过来，送你去医院。"

在李向阳的车上，无论坐着躺着肚子里的疼痛都没有半点停止的意思，还在越来越剧烈。到了中心医院急诊室，医生问了两句便开了张验尿单。在等化验结果的半个小时里，王金明坐在医院走廊的椅子上度日如年，豆大的汗珠都痛出来了。医生拿到结果看了下，说结石犯了，是肾结石，先打止痛针，再做个彩超，看结石大小定方案，如果直径大于两厘米要动手术，一厘米到两厘米则激光碎石，一厘米以下可吃药排出。

止痛针很神奇，打完马上就不痛了。下午的彩超却根本没有看到石头，医生说有两种可能：一是结石很小；二是在输尿管末端没看到。医生先给开药让他回去吃，多喝水多跳跳。

晚上，王金明给李向阳发了一条信息："今天多亏了你，谢谢！"

李向阳回了一句："不客气！"

那天中午王金明和朋友在"厨嫂当家"吃完饭，他出来买单，前台说不用买了，有人已经付了。正奇怪呢，王晓阳走了出来。王晓阳是王金明隔壁村子里面的，十几年前在原来的电子厂还做过同事，好久没见面了。王晓明除了肚子大了点，没有太大变化，所以一见面王金明就认出来了。

"你到了我的地盘，应该我请你，你还这么客气！"王金明说。

王晓阳说："应该的，你是我的老领导，当年可帮了我的大忙。"

"别客气，谁叫我们是老乡，再说我也没帮什么大忙。"王金明说。

"那个时候，你在深圳有了一房一厅，我们刚来，没有钱住宾馆，全部睡在你家的客厅里。"王晓阳说。

“这有什么，应该的。”王金明说。

“我买第一部手机是你拿的钱。”王晓阳很认真地说。

“不记得了，没有这事吧？”王金明真是不记得了。

“我那时一个月就一千多块钱，谈了个女朋友，答应她，发工资就给她买部手机的。可那个月工资刚到手，我就丢了。是你二话没说就给了我钱，真是救了我。不然，女朋友都不跟我了，更谈不上成家了。你真的是个好人！谢谢你！”王晓阳感激地说。

王金明突然有点蒙，也自豪起来。人们都在说“逃离北上广”，唯有深圳人说“来了就是深圳人”，原来这是深圳招揽人才的一个策略。自己来深圳多年的经历是一个缩影，深圳是一个感恩的城市，每天都被感动着，被别人感动着，也被自己感动着。

友　谊

有人说，男女之间没有真正的友谊。其实这是错的。江海涛就遇到过，他与几位女性之间拥有深厚的友谊。

江海涛是1997年看完香港回归电视转播后，下定决心来深圳的。

那时候他在老家有一个可有可无的工作和一个看起来幸福美满的三口之家，日子过得还算不错，但他还是下定决心南下了。走的时候，他老婆不痛不痒地说了句“在外面自己注意点身体”。丈母娘则表现出很高兴的样子，鼓励他：“男人就是要出去闯一闯，窝在家里没用。”

江海涛终究不敢告诉乡下的父母，他带着女儿回了一趟老家，跟父亲说要出差，可能时间长一点。母亲拉着他问：“去哪里？”“武汉。”江海涛想都没想张口就说。

江海涛在平湖下了火车，提着新买的提包，依照地址去投奔在石岩的同学。公交车上的售票员告诉他：“一门。”江海涛给了她一块钱，她摇头，又说：“一门。”“这不是一块吗？”江海涛有点急了。旁边一位姑娘说：“是两块！”江海涛说：“两块就两块嘛，不要说一块！”旁边的姑娘笑了：“这是广东的白话，一门就是两块的意思。”

旁边的姑娘叫阿香。

两个月后，江海涛在平湖的某集团做总务专员。某集团是做PCB板的，江海涛在厂子里面算是职务很高了。厂子里管理很严格，晚上十一点必须进厂，否则就是超时回厂，不让进。

那天，江海涛和同学在外面喝酒吃饭，也是一时高兴，到十点五十分才想起来要上班，便撒腿往厂里跑。他前脚刚迈进厂门，铃声就响了。执勤的管理林副理阴阳怪气地说：“江海涛，你怎么可以超时回厂呢？”江海涛回头说：“我有吗，我有吗？我进来的时候刚好十一点。”林副理指着海涛要继续说，江海涛急了，说：“你不要胡说八道！”

不知道什么时候，旁边围起了一群人。

在公交车上碰见的阿香姑娘也在某集团工作，做前台文员，她在人群中给江海涛竖起了大拇指。

当晚江海涛被叫到董事长办公室。高董事长说：“你不要带头闹事啊！”

“我没有，是林副理冤枉我的。”江海涛说。

董事长说：“我罚你抄《管理条例》五十遍。”

“如果不抄呢？”江海涛问。

“少抄一遍罚十块钱。”高董事长说。

“好。”海涛答应了。

当晚，江海涛在宿舍抄《管理条例》，凌晨四点抄到四十九遍就不抄了。把抄好的整整齐齐地放到前台桌上，上面放上十块钱，再写上“请呈董事长”便蒙头大睡了。

早上八点上班时间过后不久，江海涛迷迷糊糊地被阿香叫醒：“快点快点，董事长找你。”一路上，阿香问清楚事情便笑了起来。

“江海涛，你这是什么意思？”高董事长问。

“哦，董事长，是这样的，您说了十块钱一遍，我呢，很穷，没有钱只能抄，但十块钱我还是有的，便留了十块钱，买了一遍。您看，这个不算违反厂规厂纪吧？”

“这个……不算！”董事长也笑了起来。

后来，江海涛和阿香接触多了，一来二去便无话不谈，成了好朋友。阿香的家里很穷，她每个月的工资大部分寄回去给父母，江海涛在老家有个家，每个月的工资也是往回寄。阿香个子不算太高，但长得很精致。

那半年，因工作需要，他们常被公司派到一起去深圳很多地方调查市场。江海涛喜欢吃炒米粉，炒米粉就成了他们的主食，无论走到哪里，阿香都找炒米粉吃。每次叫上两盘，阿香吃半盘，把另外的半盘分给江海涛吃。两人相互鼓励对方努力工作，为家里多寄钱。

江海涛离开集团，是因为另一家公司来挖他，工资是这里的两倍。走的时候，高董事长想留他，终究没有留住。

走的头天晚上，江海涛和阿香一起喝了很多啤酒，阿香流泪了。

那家电子厂在龙岗的黄阁坑，江海涛在那里做得很好，老板很欣赏。老板有几次要把本地的女孩子介绍给江海涛，他都说自己已经成家了，小孩子都有了。

“有家也没关系，可以离婚的。”老板笑着说。

没想到一语成谶，半年后，妻子催江海涛回去。江海涛到家才知道，妻子在她姐姐撮合下，瞒着他也辞职去了南昌，在一家她同学办的公司做起了会计。海涛特意到南昌那家管理公司看了一下，其实就是一个酒店，便想叫妻子不要做了。妻子执意要做，江海涛坚决不同意。冷战半年后，彼此本来就不太牢固的感情基础出现裂缝。妻子先提出离婚，江海涛同意了，并同意净身出户，孩子的抚养权给妻子，每月支付六百块抚养费。

离婚时间是1999年的8月，离江海涛南下差不多两年。

回到深圳，江海涛便去找阿香，得知阿香请假回家结婚了。

不久，江海涛又应聘到某集团在宝安西乡的工厂做仓管部长。谷红玲在财务部做成本会计。江海涛是经济管理专业毕业的，经济学学士学位，做仓库是熟门熟路，便不把下来查仓的财务人员放在眼里，但自从谷红玲来了以后就大不一样了。谷红玲确实漂亮，也有点喜欢江海涛，很快，他们便确定了恋爱关系。

江海涛没有隐瞒自己的婚史，谷红玲表示可以接受。

他们工作上互相帮忙，生活上互相照顾。谷红玲还专门到江海涛老家去看望了他的父母。江海涛妈妈刚开始有点埋怨，怪谷红玲勾搭了她儿子，后来看到谷红玲确实贤惠，又孝顺，便转变了对她的看法。

江海涛也跟着谷红玲去四川看望了她的父母，她的父母一开始不同意女儿嫁给一个离了婚的男人，尤其是她姐姐，不是嫌江海涛年纪大，就是说他个子不高。那天江海涛也是喝了点酒，对她姐说："姐，我虽然不是很帅，但我还是很优秀的，你是没有跟我一起待过，要是跟我一起待一段时间，你可能都会爱上我的。"她姐姐把嘴一撇，谷红玲在一旁忍不住笑了。

这样的日子过了有一年，那天他前妻的侄女找到江海涛。一开始向他汇报他女儿的学习情况等。江海涛问："你有什么事吗？"她先说想让江海涛帮忙找一份工作。江海涛说："这个我可以帮忙。"然后她又说她姑姑，也就是江海涛的前妻想复婚。江海涛心里一阵痉挛，心说：早干什么去了？

巧的是，那天阿香也来找江海涛，还跟那个侄女碰上了。不知道她们说了什么，总之最后，阿香情绪激动，哭得很厉害，旁边人怎么也劝不住。

好不容易把阿香拉回到宿舍里，江海涛让其他同事有事就去忙。阿香脸色很苍白，靠在沙发上。江海涛打了一盆热水过来，用毛巾帮她洗了洗脸，把她的手放进脸盆。慢慢地，阿香平静了下来。

慢慢地，阿香把她这一年来的遭遇告诉海涛。自从江海涛离开集团以后，阿香就辞工回家了，本来想先休息一段时间，不想生了一场病，在家一待就三个月。家里人便给她找了一个婆家，那男的起初很老实，话很少，但结婚后，坏脾气便出来了，对阿香不是打就是骂。好在婆婆对她挺好，处处护着她。这次也是丈夫喝了酒打她，她实在觉得委屈，婆婆苦苦哀求，叫她千万不要做傻事。后来，看阿香想出来打工，婆婆便塞给她几百块钱，叫她出来散散心，想回来的话就回来。

江海涛听完阿香的话，心里很不是滋味。当初和阿香认识的时候，虽然对她很有好感，但自己已经结婚，不敢流露出爱慕之心。当时自己在婚姻的围城里面，后来自己走出这个围城了，阿香却回了老家结婚。等两人再见面时，现在自己又有了谷红玲。

江海涛在公司附近的维也纳酒店开了一间房，给阿香住，自己偶尔过去陪她说说话。那天下班，江海涛再去酒店找阿香，前台告诉他，客人已经退房了。

江海涛考虑，自己是江西人，谷红玲老家在四川，到时候要谷红玲跟他到江西去，估计她不会去的；自己跟谷红玲去四川也不大可能，所以必须有一个两人都能接受的地方，于是他们便在公司附近按揭买了一套房子。谷红玲很赞成，说哪天失业没有了工作，不至于连住的地方都没有。房子买好后，他们做了一些简单装修。

那天，谷红玲在房子里面拿个刷子正刷墙，有人敲门。她过去开门一看，是阿香站在门外。

“你找谁？”谷红玲不认识阿香。

阿香问：“你是江海涛的老婆吗？”

“是啊，”谷红玲警惕地说，“你是谁？有什么事。”

“我是阿香。”阿香直接说。

“啊，你就是阿香。”江海涛曾经跟红玲说过阿香。

谷红玲没有让阿香进屋。阿香说：“嫂子，别误会，我已经结婚了，我是来告诉你，江海涛是个好人，我和他只是普通朋友。”

“普通朋友，你还来我们家干什么？”谷红玲质问她。

“别误会，我没有别的意思，只是想来看看你。”

“现在看到了，你可以走了。”谷红玲说。

阿香突然眼泪流了下来，手捂着嘴巴，转身就要走。

“你等一下。”谷红玲转身从里屋拿出两千块钱塞到阿香手里。

“不，我不要你的钱。”阿香惊恐地说。

“阿香，拿着吧，我们都是女人。江海涛跟我说了你的情况，你就拿着吧，我们现在也不富裕。”谷红玲硬往她口袋里塞。

那个时候，谷红玲已经怀孕了。不久，江海涛把自己的父母接到深圳照顾谷红玲。十月怀胎，那年冬天，谷红玲生下了一个女儿。

平静的生活持续到2004年。其间江海涛离开公司，先后去几家大型企业上班，职位也从仓库管理到物控，做到主管生产的副总经理。平静生活是被陈晓丹打破的。

江海涛和陈晓丹是在网络上认识的，是无话不谈的网友。一开始在 QQ 上陈晓丹留了一个漂流瓶，江海涛看到回了一个笑脸，陈晓丹便加了江海涛的 QQ。江海涛那时候在做总经理助理，上班的时候有时不怎么忙；陈晓丹在龙东一家妇科门诊做医生，没有病人的时候可以上网聊聊 QQ。

陈晓丹原本是老家一家医院的妇产科医生，三口之家的日子也过得不错。三年前，丈夫突然就产生了精神问题，开始是不吃不喝，整天不动一下，班也不上了，后来越来越严重，整天在大街上走动，再后来就在大街上跟人吵架、动手打人，弄得陈晓丹整天跟人家道歉，这样没完没了，一家人都很疲惫。没办法，公公婆婆便把他送进精神病院。一到精神病院，他就很老实，一句话也不说，吃了睡，睡了吃。医院下结论说没问题了，可以回去了。可一回到家里，他又开始打打闹闹，还专找大街上的狗追打。这样反反复复，医院、家里几次来回，搞得家里人受不了了。陈晓丹班也没办法上了，孩子也没办法带，只得送到自己父母那里，天天就在家里守着躁动的丈夫。不到半年，这个家已经不成家了，丈夫的病情越来越严重。

这日子实在过不下去了，陈晓丹辞掉了工作，把孩子丢到自己父母那里，一个人来到了深圳。江海涛很同情她的遭遇，开导她，让她不要想那些伤心的事，来到新地方要开始新的生活，陈晓丹也觉得江海涛的话很有道理。

有一天，陈晓丹打电话跟江海涛说她的门诊主任对她动手动脚，说着说着就哭了起来。江海涛已经把她当着自己的好朋友了，便立刻开车到了那家门诊，直接进去找到了陈晓丹。

中午，他们就在门诊部附近找了一家湘菜馆，一起吃了一顿饭。一来二去，他们隔三岔五地就一起吃个饭，江海涛还带着陈晓丹去了几次海边。陈晓丹以前没有看过大海，所以到了海边非常兴奋，大喊大叫起来。看到她开朗起来，江海涛也很高兴。这样的交往持续了半年多，陈晓丹一直知道江海涛有家庭，江海涛也知道陈晓丹老家有一个患精神病的丈夫，所以，他们彼此都保留着一定的距离，没有越过雷池半步。

有段时间，江海涛感觉浑身无力，口渴，喝很多水也不解渴，人也眼看着瘦了下来。一开始，江海涛以为是减肥起了作用，后来越来越厉害，就觉得不对劲了。陈晓丹便拉着江海涛去龙岗中心医院去检查，结果是糖尿病，要住院治疗。

谷红玲听说江海涛得了糖尿病，说了他一顿。“平常就跟你说不要老往外跑，胡吃海喝，这下好了吧，得病了吧。”

当晚谷红玲哥哥的电话打到了医院，照例也是埋怨了一通，说：“男人啊，要有责任感，不能只图自己舒服，你有家庭的，有孩子要抚养，你要承担起应该的责任啊。”江海涛一遍又一遍地说：“好的好的，我会的。”

第一天用了降糖仪后，江海涛的血糖一下子就降到了五点多，躺在医院冰冷的床上，饿，特别地饿，出冷汗，他想出去吃点东西，却起不来，便打电话给陈晓丹。

陈晓丹二话没说，不到十分钟，便提着热乎乎的炒米粉到了病房。江海涛拿过来就狼吞虎咽，陈晓丹在旁边看着，很关心的样子。同病房的大爷凑过来 说：“你媳妇很漂亮。”陈晓丹脸一红，低下头解释道：“我是他表妹。”江海涛也忙说：“别误会，我们是表兄妹。”

到第二天，谷红玲也没有来病房。医生过来告诉江海涛，他右腿的血脉看不清晰，要做造影手术，挺严重的，费用也挺高，社保只能报一部分，问要不要做。江海涛心里有点绝望了，打电话问陈晓丹。陈晓丹在电话里面直接就喊上了：“做，当然要做。”江海涛便告诉医生：“我做。”医生说：“好的，我现在就联系我们医院的那个博士。”最后，定下来当天做造影手术。

其实造影手术不复杂，是因为做B超看不清江海涛右腿整个的血脉，等于说右腿上没有血液在流动，就要打一种东西到血管里去，形成一些清晰的影子，才能判断是不是血脉不通。如果是血脉不通就真的很麻烦，严重的要截肢。

当天的手术江海涛并没有告诉谷红玲，而是陈晓丹过来陪他的。进去前要家属签字，医生说：“你自己签不行。”陈晓丹上来说：“我是他表妹，我签。”手术室里，江海涛躺在那里，心里有点空荡荡的。打麻药前，医生还有一张声明要签字，江海涛问：“家属不是签了吗？”医生说：“这是另外一份，必须你自己签！”江海涛拿过来一看，上面写满了任何手术都有风险，都有失败的可能。江海涛笑了一下，便签了。

麻药起效了，江海涛整个下半身就没有了感觉，凭着方向感知道医生在他大腿根部开了一个洞，并往里面注射了一些东西。然后移过来几台奇怪的设备，对着江海涛的右腿一阵扫描。几分钟后，医生抬起头，说：“虚惊一场，你没事。”

因为麻药的药效没有退，江海涛被推出来时还不能动弹。进出电梯，搬上病床都需要人。陈晓丹一直在旁边帮忙。

谷红玲第三天才到江海涛的病房，那时麻药劲儿已经过去，江海涛大腿根的伤口一阵阵地痛，但是谷红玲的埋怨让他心里更疼。

出院的时候是谷红玲来接的，他们上下三趟，才拿完病房里的水果，车后尾箱装满，后排座还放了不少，那是朋友过来看望江海涛时送的。那天，陈晓丹没有出现。

回到公司上班，头几天事情多，但每天都会在 QQ 上同陈晓丹“见面”。那个星期六，江海涛开着车到门诊去找陈晓丹，想给她一个惊喜，没想到的是陈晓丹倒给了他一个“惊喜”。门诊部的人告诉他，陈晓丹几天前就已经走了，离开这里了。江海涛算了一下，她是在他出院的第二天就走了的。

过了几天，陈晓丹打电话告诉他，自己在玉律妇科医院工作了。

“我想去看看你，可以吗？”江海涛小心翼翼地问。

“可以。”停顿了一下，陈晓丹回复他。

自从查出血糖有问题之后，江海涛的生活发生了一些变化，晚上不再熬夜，十一点半前一定上床睡觉。外面的应酬也尽量不去了，吃的东西也以素的为主了。“总之，你要把你那根弦、那根神经给我绷紧啦，不要再胡吃海喝了。”谷红玲指着江海涛说。

2012 年是江海涛大学毕业二十周年，几个在深圳的同学准备来个毕业二十周年见面会。谷红玲听说后很不高兴，不让江海涛去。江海涛说：“这是同学会，必须要去的。”

成行其实并不容易，江海涛没有告诉谷红玲，而是直接从公司出发了，一路上那根弦、那根神经一直都绷着。

同学会安排在南昌的青山湖宾馆。大多数同学毕业后没有再见过面，一见面都有几秒钟停顿下来，但又马上认出彼此。“你是某某某！”同学们相互拥抱起来。江海涛在学校时是学生会的成员，朋友自然比较多，大家见面后都互相击掌，叫着小名，相互问一些工作上的事情。江海涛一直没有看到王琴，心里有些空空的。

在校期间，两人曾经是情侣。

有一次，两人相约一起去看一场演唱会，看完后却迷路找不到公交车，一来二去耽误了时间，学校已经关门了，只得去王琴在师大的亲戚家过夜。一开始时，王琴睡在床上，江海涛在沙发上睡。半夜突然电闪雷鸣起来，把王琴吓醒了。“冷，你上来吧。”江海涛便爬上床，睡到王琴脚边。几声雷响，江海涛明显感到王琴的哆嗦。慢慢地，王琴从被窝里面爬了过来，对他说：“我怕。”他顺手搂过王琴，安慰道：“不怕，有我呢！”像履行一种神圣的使命，没有一丝私心杂念。

同学见面会后，第二天大家又举行了同学座谈会，江海涛挑了一个偏僻的角落，抬头却发现王琴远远地坐在他的对面。

江海涛看着王琴，王琴却不理会他，而是跟两边的其他同学互相打着招呼。一直到座谈会结束，江海涛也没有得到机会同王琴打个招呼，王琴似乎也是有意躲着他。

下午参观母校新址，江海涛有意无意地跟在王琴后面。走过一座假山，下一段阶梯，王琴突然叫了一声，坐到地上。江海涛一个箭步跨上去，扶住了她。王琴痛苦地捂着脚踝。“崴脚了吧？”江海涛问。王琴疼得含着泪点点头。这时过来两个女同学赶紧扶起王琴，搀扶着她走上停在不远处的车。一直到参观结束，他们再没有沟通。

回到家，江海涛本来准备好迎接谷红玲的一顿奚落，也可能是暴风骤雨，没想到谷红玲只说了一句“见到老相好的啦”，便不再说什么了。江海涛也不多作解释，只是那几天勤快起来了，家务事做得一丝不苟。

晚上，江海涛手机微信上收到一条新的信息，他一看是王琴发来的。

“谢谢你扶我。”

江海涛马上回：“应该的。”

“像是回到了以前。”王琴的字闪过来。

“我也一样。”

“那你说，为什么同学们都能感情深厚呢？”

“我认为，同学时没有利益纠葛，纯洁得很，这种交往没有隔阂，会觉得舒服。”

陈晓丹打电话给江海涛，告诉他，自己已经回到老家了。江海涛问她丈夫现在怎么样啦。

“他死了！”陈晓丹说。

“那你什么时候回深圳？”江海涛问。

“不去深圳了，我就在老家不出去了。儿子要上学，需要照顾。”

“哦，那你多保重！”江海涛很真诚地说。

“我会的，”陈晓丹声音很小，“你也要多注意你的血糖。”

“我会的，主要是你，一个人带着孩子，要多保重。”

“见见吧。”王琴那天给江海涛打电话的口气是命令式的。不等江海涛说话，王琴已经把计划说完了。她有个闺蜜在清远给儿子办升学宴，她要江海涛中午赶过去一起吃饭，下午一同去温泉度假村。

“一起去你闺蜜那里，好吗？”

“没关系，都是熟人，介绍你多认识几个朋友。”王琴满不在乎。

等中午到了她闺蜜家，才知道她们做了精心安排。王琴拉着江海涛进了三楼的雅间，里面只有一张桌子，在座的人，江海涛一个也不认识。大家都很热情，一帮人围上来，啤酒、白酒加红酒地举杯畅饮。

本打算下午去温泉好好泡泡，没想到，人算不如天算。从中午开始，下起了暴雨，所有的温泉池全部变成了浑水塘。温泉是没有办法泡了，两人站在房间的阳台上看着大雨，什么话都没有说。

回深圳的路上，江海涛收到王琴的信息。“你有一个很好的妻子，一个很美满的家庭，好好珍惜！过好每一天！”

“你也一样！”江海涛回复，顺手删掉了她的所有记录。

经过十几年的努力，江海涛在深圳有了自己的房子、车子，去年从那家科技公司辞职后，自己注册了一家文化公司，做一些企业文化方面的培训业务。乡下的父母也一直跟着他一起生活，谷红玲同婆婆的关系很好，一家人相处得很和睦。

那天，江海涛给女儿讲了三个故事，才把她哄睡了。匆匆地洗了洗便上床，谷红玲还在看手机上的小说。江海涛躺下来，把谷红玲抱住亲了一口。

“海涛，我觉得生活好没意思啊。”谷红玲突然说。

“怎么啦？”江海涛问。

“天天上班下班带孩子做家务，天不亮起床，天黑回家做饭吃，喂小孩，写作业。”

“老婆辛苦了。”江海涛说。

七夕

2018年8月17日，上午。

此时的王清华在深圳龙岗五联一家做家具的公司做生产副总。来这家公司之前，他在爱联那家家具公司做产品设计，是被这家公司老板朱江重金挖来的。先是做了一年的生产总监，负责产品设计和生产，后来朱总给了他一些股份，是不用出资的那种红股，这样，王清华也就算是一个老板了。

业余时间他是一个作家，写过几部长篇小说，也写了一些诗歌，在文学圈里面还算有一点小名气，加入了市作家协会，准备来年再申请加入省作家协会。

他正想着事，大门保安带着黄哲人走了进来。黄哲人以前是这家工厂的本地厂长，后来转到社区上班，做安监工作。大家都叫他黄主任。

王清华大声跟黄主任打着招呼，便领着他到车间、仓库、写字楼转了一圈。

“你这里以前是一个做相框的工厂，消防措施做得很好。你看，这个报警器是与派出所联网的，当时花了十几万，你们都不接了？怕花钱？”黄主任说。

“一定接，一定接。”王清华忙点头应允。

“你看，楼上的水槽全部装有冷却装置，循环利用的，你们也都不用？车间全部装了对流吸尘大风机的，你们也不用？防爆灯泡呢？你们也没装上？”黄主任看似很不高兴。

“主任，我们公司做家具的，产品线同他们有很大的不同，这些车间我们也都改变了用途，不再有喷涂了，也没有化工品。”王清华说。

“没有化工品？不可能的吧。”黄主任摇摇头。

“只有木工车间有少量的粘胶，都是用手工涂抹的，很安全，没有安全隐患的。”王清华点着头说。

“安全？员工自己不会被腐蚀吗？职业病也是安全生产范畴的啊，王总。”黄主任继续说。

“是的，我们有严格的操作规程，工人也都是按操作规程操作的。”王清华看到地上的水迹忙转移话题，“黄主任，您看这车间，到处漏水，一下雨，外面下雨里面也下雨啊。”

“唉，这不是漏水，也不是渗水，你不知道的。”黄主任拉过王清华，“我从小在这里长大，你这个地方我小时候都撒过尿的，我还不知道？主要是盖房子的时候偷工减料，没做好。”

“是啊，那您看，村委这种漏水的房子给我们，房租又不便宜。”王清华很委屈的样子。

“那我管不了的，我只管安全！”黄主任说。

“那就是啊，您也知道工厂都亏本在做的，不做又不行。”王清华说得眼泪都要下来了。

“那是你们自己的事!”黄哲人说道。

这时，营销部经理杨如影打电话过来，说朱总在会议室等着开会。“好的，知道了，我这里有点事一会儿就过去。”

收起手机，王清华对黄主任说：“我们不挣钱，房租就交不上啊。”

“生意慢慢来，我到时也帮你推荐一些客户，你们在推销方面加大力度。”黄主任笑着说。

“黄叔，我们认识都这么多年了，感谢您一直对我们的照顾。”王清华很感激地说。

“你这小子，客气话就不要说了，你这个防爆灯还是一定要换的啊!”黄哲人说，“安全第一。”

“谢谢黄叔，中午一起吃个饭？”王清华诚意要留黄哲人。

“中午不能吃饭，下午还要去下面的工厂呢。”黄主任摆摆手婉拒。

黄哲人不再理会王清华，径自走出了厂门。

2018 年 8 月 17 日，中午。

王清华来深圳十六年了，一直在工厂里面做事，只有大女儿出生那两年在外面租房子住，一直就住在工厂里面。妻子原本跟他一个工厂，后来不愿意在一个环境里，便辞工另找工作，有时候找不到合适的单位也只能跟着王清华。他们没有在深圳买房子，所以有时候一起住在工厂宿舍，有时候嫌工厂里面吵就在外面租房住。到了这家工厂，他老婆刚生了二胎，他自己在工厂里面有一个套间房，为了方便，在外面也租了房。工厂里面的房子就成了王清华午休的地方。

中午在宿舍，已经回老家的张久香打电话过来。张久香是王清华刚来深圳时那个公司的财务。初到深圳的王清华什么都不懂，闹过很多笑话。那时候张久香在深圳已经待了几年，帮了他不少忙。

“好久没联系了，来电话问问最近工作忙不忙，有没有压力。”张久香说道。

“我还是老样子，你是不是最近工作压力很大？”王清华反问道。

“我现在不上班，什么压力都没有，只是觉得现在的生活很无聊。”张久香坚定地说。

“你同他去看过电影没？”

“没有！”张久香回答得很快。

“一起去看看电影嘛！”王清华说，“我与我老婆就经常出去看电影。”

“他不去，”张久香说，“他说电影有什么好看？不如在家里看电视，还浪费钱。”

“哦，该出去还是要出去转转的，不能天天困在家里。”王清华开导她。

“我们认识快十年了吧？”电话里张久香突然问道。

“时间过得很快啊，都过去十来年了。你也不来看看我。”王清华半开玩笑地说道。

“我在武汉，怎么去看你？”张久香说。

“你不是要去香港吗？到深圳来，我请你吃饭，要不然我去武汉看看你也行。”王清华说。

“好啊，我下次去香港的时候先去看你，你也可以来武汉看我啊。”张久香开心地说。

“好的，就这么愉快地决定了！”王清华说。

“你后来怎么找了一个东北的做老婆？”张久香突然问。

“怎么啦？东北的不好吗？”王清华反问张久香。

“不是，我以为你会找个老家的，知根知底嘛。”张久香说。

“他是哪里的？你那个。”王清华问。

“是我老家的。”张久香回答。

“对你怎么样？”王清华问。

“很好，他和他家里人都对我很好的。”张久香答。

“那就好，要找一个喜欢你的人，不要找一个你喜欢的，找你喜欢的会很累的。”王清华像在传授经验。

“你说得有道理。”张久香说道。

还没等王清华说话，她又叮嘱道：“你要对你老婆好一点。”

“我会的。”王清华答应，“你打算要个孩子吗？”

“打算要一个，我们都想要一个。”张久香似乎高兴了起来。

“那很好，有了孩子，生活会更美好的。”王清华告诉她。

“也不全是。两个人在一起，感情基础、经济基础，等等，有很多因素。”

“所以啊，夫妻互相理解很重要！”王清华说。

“理解不了怎么办？”张久香却问。

“那得多沟通啊。”王清华说。

“哈哈，你现在知道跟我讲道理了。”张久香又笑起来。

“对啊，我年纪越来越大了。”

“我有时候想，”张久香话题转得很快，“现在的生活是我想要的吗？这样的生活有什么盼头？”

“别想那么多，你们先要一个孩子，有个寄托。”王清华说。

“好吧，我尽力吧。”张久香说。

“你吃了没？”他问。

“吃了，你呢？”她答了，又问。

“我还没饿，现在去饭堂，应该还有吃的。”王清华起身。

“好啊，那就这样吧，你快去吧。”张久香提高声音，“祝你节日快乐！”

“节日？”王清华歪着头问。

“是啊，今天是七夕节啊，你不知道吗？”张久香有点奇怪地反问道。

“知道，七夕嘛，是牛郎织女见面的日子，是已婚夫妇见面纪念日。”王清华认真地说。

“什么？”张久香没弄明白。

“没什么，我吃饭去了，拜拜。”王清华赶忙说。

“好吧，拜拜。”张久香又说，“等等，可以视频看一下你吗？”

“可以啊，我吃完饭打给你。”王清华说。

2018年8月17日，下午。

营销部经理杨如影本来就是个文艺青年，当年是一个在出租房里面天天吃泡面的网络写手，一个地道的“粪土当年万户侯”的女愤青。那次是王清华在龙城广场签名售书，杨如影兴奋地挤到台前。王清华看到她有点惜才的意思，便推荐她到前面一家公司做前台，还教她做设计。后来，王清华来这家公司，便把她也叫过来，先是做平面设计，再做营销部助理，营销部经理走了以后王清华推荐她接了经理的位置。

8月21日的东莞家具展，是杨如影作为营销部经理第一次独当一面。从产品设计到出图纸，再到样板房，样样都要自己去跟。忙中难免出错，王清华从样板房出来时，脑子里面把全部流程过了一遍，发现很多问题，便把杨如影找来骂。

杨如影像是受了很大的委屈，居然哭了。偏偏这个时候，她老公打电话过来，要出差去上海，而且马上要走，还叫杨如影在网上帮他订票，衣服都不回去拿直接去了机场。原本讲好夫妻俩一起吃晚饭的计划泡汤了。

“来来来，你过来，到会议室。”王清华说。

会议室里面，王清华不放心的还是展会的事情。

“杨如影，今年的展会对公司来说非常重要，可以说事关生死，展会工作四个方面都要做好：展馆搭建、展品准备、展会招商和后勤保障。”

“王总，这些我都有详细的计划。”杨如影说。

“有计划不等于做了，做了不等于做好了，做好了是不是可以更好？今年展馆搭建是给谁做？”王清华问，“什么？还是那个老何，那个老何做事毛糙啊，去年的门牌差一点都倒了。”

“那现在临时换人也来不及啊。”杨如影都要哭了。

“那前面你干什么去了？”王清华大声地问。

“我，我有找几家报价，结果都比老何高出很多，朱总不同意换。”杨如影辩解。

“那个老何，年年给我们做，年年都做不好。”王清华狠狠地说。

“他说，要么把前面的欠款全部结了，他也不想跟我们做了。”杨如影转述老何的话。

“好啊，你个老何。我其实也没有不同意他做，是说要盯紧他一点，不要偷工减料。”一说到欠款，王清华语气好多了。

“我知道，这个您放心。”杨如影说。

“还有，展品呢，做得怎么样了？”王清华问。

“全部都下单到生产部了，但他们说有一款你还没有确认。”

“什么？哪一款？”王清华急了。

“就是那个手工油画背景的。”杨如影说。

“我知道，那个东西是请浙江大学的教授画家手绘的，人家已经在画了，这是个手工活，慢工才能出细活的。”王清华自己知道轻重了。

这时候杨如影的电话响了，说黑龙江那边发错货了。人家要一张一米八的床，收到的却是一张一米五的。杨如影拿着电话走出去，好半天才黑着脸回来，说：“人家不同意退换，说要投诉到市场监督局去。”

王清华嘴里说：“随便他们。”

他还是接过电话，小心翼翼地赔着笑脸，很大方地把那张一米五的床免费送给了那个消费者。

“回头查查，到底怎么回事？到底是谁？哪个环节的问题？还是接着说展会的事吧，招商的事情安排得怎么样？”

“计划要四个组，全国分四个区域来跟，人手不够啊。”杨如影无奈地说。

“还没招到人吗？刚出来的大学生也行啊。”王清华说。

“来了几个，做了不到两个月全部都走了。”杨如影如实地说。

“为什么？”

“没有什么理由，都说不合适，展会招商至少还需要三个人。”杨如影也很急。

“那就找几个我们自己的经销商来帮忙。”王清华心里说，去年不就是这样处理的嘛。

“也可以，但他们都要求给优惠政策，再就是好像也没有什么大的效果。”杨如影盘算着。

“先不要管效果，都答应，他们提的只要不是太过分都答应，先把这个展会做好，能招到二十个以上新的经销商就算是成功了。”王清华清楚得很。

“好吧，我们一定尽力。”

“你老公不在家，我们一起吃晚饭吧。”王清华邀请。

“好的。”杨如影答应了。

2018 年 8 月 17 日，傍晚。

坐在好味道餐厅包厢里面的王清华和杨如影，先聊了会儿股市，再互相问了下家乡的一些事情。

一只蚊子爬到了杨如影的腿上，她一巴掌打过去，“什么情况？这深圳？都8月份了，还有蚊子？”

“是吗？我怎么没发现？”王清华一边装模作样四处找。

“你看你看。”杨如影伸出手。

王清华看了一眼，问：“哪里？我怎么没有？怎么不咬我？蚊子在哪里？怎么不咬我？”

“你皮太厚，”杨如影说，“蚊子咬不动呗！”

“是吗？没觉得啊。”王清华说道。

突然，两人像是早就约好了一样，都不说话了，好像过了几个世纪一样，杨如影首先打破沉默，“你有过外遇吗？”

“啊？这怎么能有呢。”王清华大吃一惊，没想到她会问这个问题，不知道怎么回答。

“我差点就有了。”杨如影抬起头说，“我从来没有跟别人说起过这件事情，那还是我与我老公刚结婚不久，有段时间两人感情不够稳定。”

“哦。”王清华敷衍着。

“那几天心里比较烦。那人是我原先公司总部的一个商务经理，算是一个上司，那时候他没有结婚，他经常找我说话，刚好我和我老公有点矛盾，就与他聊得比较多。我本来想，我在深圳，他在天津，最多也是在 QQ 上聊聊天，也不见面，又不谈感情。”

杨如影接着说：“那年我刚好出差去北京，在北京待了十多天，他想到北京去找我，我明白他的意思，就拒绝了。后来再也没有理他。但是内心觉得自己不能与异性相处太近，容易被人误会。”

王清华听完这个故事，端起茶壶给杨如影续完水，然后说道：“我说嘛，从我认识你起，你给我的印象一直是睿智的，做人做事很有原则的。”

“我们吃饭吧，我本来想跟我老公说跟我姐姐她们在一起吃的，后来又想，没必要骗他，就说跟一个朋友吃饭。你是我朋友吧？”杨如影问。

“当然，我还是你的伯乐呢。”

2018 年 8 月 17 日，晚上。

走出好味道餐厅，王清华和杨如影一下子不知道该去哪里了，一转头发现旁边是维也纳国际酒店。

“你现在回家？”王清华问杨如影。

杨如影想都没想，“回去干吗？家里就我一个人。”

王清华便把杨如影拉到维也纳前台开房。

没想到杨如影是维也纳的会员客户，报电话号码可以打折的。王清华抢着用信用卡付了款。

服务员问王清华要身份证。

“是她住，我不住的。”王清华说。

“那您不上去吗？”服务员帅哥很有耐心。

“我上去聊下天，不是住在这里。”王清华说。

“那也是要登记的。”服务员说。

“那，好吧。”王清华只得把身份证递过去。

一到房间，杨如影把小包往床上一扔，说：“今天七夕，有人说是情人节。”

“我觉得不算，”王清华刚坐下，又站起来，“最多算是已婚夫妇见面纪念日。你好好休息，我要回家了。”

王清华说完就径直走出房间。

2018年8月17日，晚上。

回到家，客厅里面，妻子抱着小女儿正在喂奶，电视里面播放着电影《东厂西厂》。

“喝酒了吗？”妻子问。

“没有，厂里加班。”王清华理直气壮的样子。

“没喝酒就好，不要整天在外面花天酒地的。你爸爸都说了，别出去喝酒，酒无好酒，宴无好宴。”妻子继续说。

“好了，我知道的。”王清华嘴里答应着，心里有点想笑。

“爸爸，”大女儿从房间伸出头，“你过来下。”

王清华进了女儿房间。

“爸爸你来教我做作业吧？”大女儿说。

“为什么不叫妈妈？”

“不，我就要你教嘛。”

“好吧。”一句话没说完，妻子推门进来，“你磨蹭什么？还不快写！”

“我要爸爸教嘛。”女儿都要哭了。

“好了，我来。”王清华把妻子轻轻地推出房门。

大女儿在公司旁边的一所小学读一年级。

女儿的作业是暑假作业，需做四张手抄报。不知道是现在这些编写教材的专家思路不一样，还是自己智商真的倒退了很多，王清华这个大学本科生居然经常被一年级的作业难住。女儿甚至不止一次讲：“你是不是真的读过大学？还是个作家！”不过这几张手抄报倒是难不住他，稍加指点大女儿便大功告成了。

等大女儿睡着后，王清华坐在床上。妻子也把小女儿放到摇篮里面，放好蚊帐，坐上床，挨着他。

王清华伸手搂住妻子，妻子却不情不愿的样子。

“你看起来很累，”妻子说，“大的学习也要管管啊。”

“我知道，我会尽量多点时间陪陪她。”

“专家说，父亲对孩子的教育很重要，特别是知识方面。”

妻子继续说。

“其实啊，是谁更有时间谁来教。”王清华说。

“谁有精力谁来，我现在带着小的，咱家又没个老人在身边，感觉很累。”妻子的眼睛都要闭上了。

“老婆辛苦了。”王清华拍拍妻子，“别想那么多，我们一起好好努力，把这个家撑起来，把女儿养大。”

妻子已经迷迷糊糊睡着了，王清华轻轻给她盖上被子。

2018 年 8 月 18 日，早上。

煮好稀饭，王清华给还躺在床上的妻子交代好，便急急忙忙地赶往维也纳酒店，敲门却没有人响应。他便打电话给杨如影，杨如影告诉他，她在酒店的二楼餐厅，让他报房号就可以进来了。

坐到杨如影对面时，她已经吃了一盘炒米粉了。

“这么多年了，还是这盘炒米粉香啊。”她一脸兴奋。

王清华夹了一些花菜、一个鸡蛋、一碗稀饭。杨如影站起来去接了一杯牛奶，端着看王清华吃。

王清华不紧不慢，拿起手机，翻出公司老板朱江的电话打过去。告诉朱总，自己老婆昨天不小心扭到了脚，上午要陪她去医院。

“不要紧吧，嫂子的脚。”朱江很关心。

“没什么大碍。”王清华道谢。

“是真的吗？”杨如影挑起眉毛问。

“是真的。”王清华开始喝粥。

2018年8月18日，上午。

“再跟我说说你的前妻吧。”杨如影看着他。

“好吧，”王清华摇摇头，“我的情况是这样的。上大学的时候，我算是一个有志文艺青年。我当时也挺帅的，处了一个女朋友。”

“嗯，你现在也很帅。”杨如影说。

“我们那个时候是国家分配，不像现在这么自由，能自主择业。毕业分配的时候，根据哪里来回哪里去的原则，我回了老家，她的家就在南京。她家庭条件很好，她父亲当时在南京市一个事业单位。我的家庭条件很不好，我自己在学校倒是混得可以，是个学生干部。当时我其实也是有机会留在南京或者其他市里面的，但如果我留在南京或者其他城市就没有办法照顾家里的弟弟妹妹，所以我选择回到家乡县城上班。我家里的第一台黑白电视机就是我买的。”

“哦，这个你说过的。”杨如影回忆了下。

“毕业的时候，我们抱在一起哭了一场，”王清华接着说，“我跟她说，我没有办法走进她的家庭，也没有办法把她带出她的家庭。”

“她现在怎么样？”杨如影问。

“她现在很好，在南京的一个事业单位工作。我当时在县里面上班，她还坐车过来看我。但那个时候，我压力太大了，自身条件差，认为对她不公平，加上她家里人也不同意……我便用了一个最蠢的办法来逃避，相亲认识一个女的，半个月就结了婚。我们的婚姻维持了七年，有一个女儿，我净身出户来到深圳。离婚的事情，表面上是她提出来的，其实是我想要的。我原本想说，这个婚姻也不是不能维持下去，为了孩子嘛。但她认为我没有什么本事，不会有什么前途，脾气又倔，认为吓一吓我，我也就服软了。她就提出离婚，没想到我内心早就想离了。离婚的时候，我放弃了所有的财产，当时有单位集资盖的房子、几万块的存款，包括家里的所有家具什么的，都给了她。”王清华说着来了点情绪。

杨如影默默地看着他。

“要走的时候，她爸问我有钱吗。我说没有。他掏了七百块钱给我。到现在我还是挺感谢他的，这是真心话。”说到这里，王清华的眼睛已经湿润。

“这些事情，你现在的妻子知道吗？”

“当然，这些我不能瞒着她，这是对她的尊重，对生活伴侣的尊重。”王清华肯定地说。

“我猜想，你与那个大学女同学一定还有来往的。”杨如影说道。

“为什么？”

“以我对你的了解，你们在学校的时候很清纯。”杨如影推断。

“是的，我们手都很少牵，现在是好朋友，偶尔电话问候一下对方。”王清华说。

“这就对了，像你们这种，纯洁的，年纪越大就越想念。”

“我与她的事情，光明正大，我的妻子，她的老公，都知道。她还与我妻子是好朋友。我们现在纯友谊！”王清华说完闭上了眼睛。

“为友谊干杯！”

2018年8月18日，中午。

两人为避免别人误会，故意分开走，一前一后赶到公司。

饭桌上，朱总问起王清华妻子的脚。

“没什么事，医生按摩完好多了，可以下地了。”

“嫂子的脚怎么啦？”杨如影眨着眼故意问王清华。

“昨晚扭到了，上午去了医院，已经好了。”王清华也不露声色。

这时，黄哲人打电话过来，约王清华晚上吃晚饭。

“今天怎么有空了？”王清华眼睛看着杨如影大声地很夸张地问。

“当然啦，情人节都过了！大家都有时间了。”电话里黄哲人哈哈大笑起来。

王清华答应着挂完电话，心想，这么个俗不可耐的老人家怎么能叫黄哲人呢？

有点不懂，突然又有点懂了！

清　明

2019年4月2日，上午。

董德才，来自离湖北武汉不远的孝道之乡，在深圳一家环保科技公司做项目总监。二十多年前，他大学毕业在家乡的一个事业单位工作了几年，最终发现自己不想再过那种一成不变的生活，于是南下深圳，这么多年以来，勤勤恳恳工作，从一个仓库管理员干到了现在的总监。清明节临近，工作却突然很忙，几天来都在犹豫清明节要不要回老家去。手头其他事情倒是可以解决，只有老板交代的公司网站更新的事情有点棘手。

公司原本有网站，是普通的那种，老板看到某品牌的官方网站，找董德才过来，说，就照那个弄。

“首页放公司标志，智能环卫产品新品发布和十大卖点。”老板说。

“好的，哪些板块页面呢？”董德才问道。

“技术支持、资讯，新闻报道、专利清单、用户体验，”老板皱着眉头，“最主要是十大卖点很费脑子的。”

“我们一起来整理吧。”董德才想早点结束。

“好，第一，我们的产品容量大，是目前市场产品的三倍，一台顶人家三台。”

“这个可以。”董德才拿起笔要记。

“你不用记，我写在白板上，你拍下来，回头去整理。”老板说得很有道理。

“好办法，第二是防盗功能强大：门采用用户人脸识别技术、无需钥匙；投放口带电子锁；正面 180 度广角摄像头监控；后台平台软件控制，识别用户后重量增加积分金额增加，重量减少积分金额减少，国内首创。”董德才说第二点。

“第三，”老板自信地搬起手指，“八种识别方式，也是国内首创，分别是绿色生活手机应用、微信公众号、微信小程序、智能积分卡、人脸识别技术、授权二维码图形识别、带码垃圾袋自动扫描、语音识别功能。”

“这个真的很厉害了。”董德才说。

“还有呢，外部和内部都装有摄像头，投放监督纠错功能足够。这是第四点。”老板边说边在白板上歪歪扭扭地写着。

董德才仔细看看，也没看出这些字同第四条的关系，只好笑笑。

“第五，我们这款产品防水、防雷安全性能非常给力，达到 IP6 等级。”老板继续说继续乱写。

“什么是 IP6 等级？是不是要解释下？”董德才担心。

“不用，是不是真的懂没有关系，神秘一点更好。其实我也没怎么弄清。”老板哈哈大笑起来，露出大大的牙。

“省电，”董德才补充，“省电，我们一套设备每月用电不超过10度。”

“对，第几点了？”老板很赞赏。

“第六点。”

“那第七，我们产品加工使用生产战斗机的同款设备加工。”老板一字一顿地说。

“啊，战斗机？”董德才很惊讶，觉得老板这牛皮吹得有点大。

“是的，你记就好了，不会错的。”老板很肯定。

董德才不再说话。

“第八，”老板继续，“产品所有线材全部为纯铜线，放弃使用市场上同款产品的铁、铝线材。”

见董德才不说话，老板继续说：“第九，产品外箱使用某空调外机同款纯进口塑粉及加工工艺生产，厚度达1毫米以上，户外使用稳定期十年以上。”

“好，还有没有？”董德才心里有话想问。

“起码凑齐十个。第十，产品生产过程经三十八道检测，保用三年，是市场同类产品保用期的三倍。”老板看了董德才一眼。

“这些也能算卖点吗？别人的产品也是一样的。这是国家要求的标准。”董德才说。

“当然，别人一样，但他们没说出来，我们说了，那就是我们的。”老板指着董德才，“我们产品的生产设备就是用来生产飞机，不，战斗机的设备，我就不相信生产战斗机不用注塑机、钻孔机？外箱生产，我就不相信某空调的外机不是同我们一样加工的。”

董德才竖起大拇指，觉得老板思路很开阔，这是典型的偷换概念。

老板眯着眼睛思考了一下，觉得网站能做成那个样子的话，就不是高大上的问题了，还可以做点别的事情。便告诉董德才，网站做好了以后要上某猫和某东，而且要上旗舰店。

“你这两天了解一下，需要办理营业执照、专利证书、授权证书什么的可以找行政部门要，我跟他们说一下。”老板最后说。

“好的。”董德才答应了一声，心里盘算着要给在老家的父亲打个电话，于是抬脚走出会议室。

2019 年 4 月 2 日，中午。

董德才的母亲于 2015 年过世，已经超过三年了，按老家扫墓的规矩他今年清明节可以不回去了，加上最近公司事情确实有点多，自己也有了不回去的打算。

十二点钟刚过，老董给爸爸打电话。

董德才兄弟姐妹五个，就他一个男的，还不在身边。母亲三年前过世后，他怕父亲一个人在家里不方便，耳朵又不好，便让父亲跟着他来深圳，没想到父亲不肯来。

电话通了以后，董德才问父亲身体怎么样，缺不缺钱。

“我身体没问题，不用牵挂，”父亲说，“钱也不缺，今年国家政策又好了一些，每个六十岁以上老人每月可以多领一百块钱了，加上之前的老年补助，每年有六千多，自己够花了。”

董德才说了声那就好，正打算说自己不打算回去的事情，父亲先开口说了：“德才，你清明节回来吗？你回来一下吧！”

董德才愣了一下，说：“我打算回去，今晚就动身。”

父亲满意地挂了电话。

董德才坐在那里长吁短叹了一会，然后给老婆打电话。

“什么？现在回老家？你脑子有问题吧？”老婆在电话里面发牢骚，“衣服都不回家拿一件了？”

“本来打算不回去的，刚刚给爸打电话，他让我一定要回去的，好像有什么话要跟我说。”董德才解释道。

“有什么话一定要回去说？还不是想你回去呗，那你就去吧。”老婆没有继续说。

董德才上网找票。因为临时决定回去，售票官网已经没有票了，只得上××网查询，没有直达的车了，只有一趟到赣州的车有余票，还是一张无座票。

老婆说："那你先坐到赣州，我在网上挂着帮你抢票，看看能不能抢到从赣州回去的车票。"

最终买到了一张无座票。

董德才看了一下公司放假通知，4 月 5 日到 7 日休息，便在办公软件上请假，把 4 月 3 日、4 日定义为"有事外出"，也不管领导有没有同意，便提着箱子打车去深圳东站。到车站拿身份证打出票，急匆匆地跑着上了火车。

无座票没有座位，董德才把箱子放到行李架上，便往后走。在车厢中间被挤来挤去，到车厢的中间部位看见旁边座位上没有人，便顺势坐了下来。坐了有一会儿也没见有人叫他起来，庆幸自己无意中还坐到了位子。

一直到火车都开动了，也没见有人过来坐，他便心安理得地踏实坐起来。

2019 年 4 月 2 日，晚上。

没想到火车刚到东莞东站就来人了，一对年轻人礼貌地请董德才站起来。董德才刚有了点睡意，极不情愿又无可奈何地站了起来。

看看时间，要半夜十二点才能到赣州，这样站着自己可能挺不住。然而老婆有好消息传来，她帮他抢到一张深夜两点多从赣州到武汉的硬卧票。

好吧，那就在武汉待一下吧，董德才想了想，顺便去韩国伟那里看看，那小子弄了一家做挖掘机的工厂，听说还不错。

站在车厢中间，董德才确实有点脚软，便往餐车走。好不容易挤到 9 号餐车车厢，车也到了惠州。餐车车厢门关着，他去旁边叫列车员开门。

“我要过去吃饭。”董德才说。

列车员起先不愿动，说：“门开着的吧！”

董德才指着门说：“没有。”

列车员这才起身过来，从口袋里面摸出一串长长的钥匙捅开了门，把董德才放了进去，顺手又把门砰的一声关上。

董德才走进餐车一看，过道上都站着人。他继续往前走，在靠近收银台边上找了个位子，一屁股坐下来，再也不想动了。

一会儿，饭菜送过来，董德才端起来就着啤酒大口吃起来。没想到看起来乱糟糟的，吃起来味道还可以。扒完盘子里的菜，饭也吃完了，董德才把罐子里的啤酒一口气喝完，擦了一下嘴，打着啤酒嗝儿往自己的车厢走。

董德才边走边想，还有三个多小时才能到赣州，不知道自己能不能坚持住。他艰难地穿过人群，挤出来一身汗，回到起初自己的车厢，发现车厢中间又多了很多站着的人。

旁边自己曾坐过的位子上，有个中年妇女坐在上面，董德才认出来她也是从深圳火车站上来的，也同样没有买到有座的票，要去这趟列车的终点站。他疲惫的脸上似笑非笑。

看看手机上的时间，董德才再次确认还有三个多小时到赣州。

这时，开水间传来叫声和吵闹声。董德才竖着耳朵听了一会儿，知道是有个男人端着泡面去泡，不小心把开水溅到旁边一个女人的脚上，烫起了泡。男人一再道歉，女人依旧不依不饶。

“那到底要我怎么样？”那个男的问。

“我现在很痛，还不知道有没有后遗症。”被烫的女人说。

“就烫了下又不严重，能有什么后遗症？”列车员过来说。

“你说话要负责任的。”过来另外一个男的，帮着女的说话，像是和女人一伙的。

“这里本来就是开水间，你们没有座，在旁边站着也就算了，还坐到这个台子上面来，人家过来打水都要挤过来，打到水，你们在旁边又乱动，水溅到了你，你自己也有责任的。”列车员说。

帮腔的男人不服气，要找列车长。列车员便用对讲机叫列车长，告诉他这里发生的事情。列车长通过对讲机说，让他们等下，马上过来。

旁边站着的很多人转过来指责被烫的女人和帮腔的男人，

一点点事情就算了，搞得大家在这里挤来挤去的，出门在外大家都不容易。

董德才不想听了，便想再往里面走一点。突然记起来，要给韩国伟打个电话告诉他自己要过来。想想，还是发了条微信给他。

过了很久，韩国伟回复："好的，我去车站接你。"

董德才一直走到车厢的另一头，靠着最后一排椅子闭上眼睛休息。好像过了一个多世纪，迷迷糊糊就睡着了。

十二点到了赣州，董德才拖着箱子从出口出去，再绕回到候车室。有点饿了，他买了一个泡面，坐在地板上吃了。

深夜两点多，坐上了老婆抢到的卧铺，董德才美美地伸个懒腰，躺在床上，准备一觉睡到武汉去。睡到半夜被吵醒，一对夫妇买到南昌的票，列车已经过了南昌，列车员来换票发现他们过站了。

董德才从老家来深圳，先是坐班车、坐火车，再到自己买车开回老家，想起来，其实已经很多年没有坐火车了，更别说这种绿皮火车。再回想起从下午上火车，拥挤、无座、争吵、餐车，多来的故事不由得在脑海里重演，摇摇头还是无法重叠起来。

随后，他又昏昏沉沉地睡着了。

2019 年 4 月 3 日，早上。

早上八点十分，董德才下了火车，拖着箱子穿过黑乎乎的走廊从出口出站，没看到韩国伟，便发微信："老韩，我到了，在出口。"十多分钟过后，韩国伟回复："这么早？你等下，我现在起床。"一会儿，韩国伟又发来微信："你打个车到沃尔玛超市来吧，我就在旁边。"

董德才想了下，回信："不了，我找个地方先吃碗炒米粉填下肚子，等你过来，直接去你工厂。"

韩国伟回复："那也行。"

董德才吃完米粉刚付过钱，韩国伟开车就到了。

上车后，董德才发现后座上坐着一个漂亮的小男孩。

"你好。"董德才跟他打招呼。

"叫叔叔。"韩国伟说。

"叔叔？叫大伯！"董德才笑起来。

"哦，叫大伯。"

"大伯好！"小男孩一字一顿地大声叫道。

"小朋友好！"董德才很喜欢这个小男孩，掏出两百块钱塞到他手里，小男孩推辞了几下，在韩国伟同意的情况下收下了钱。

"我们先把他送幼儿园，再去公司吧。"韩国伟说。

韩国伟的工厂在离市区挺远的一个新工业区，三层楼工厂的一楼，一层厂房，几十个工人在车间里面敲敲打打。

“我头几年在柳工做天津市场，做得还可以，也挣了一点钱。”正想坐下来好好聊聊，进来个应聘业务员的。

董德才想回避，韩国伟拉住了他，说：“没事，一起坐坐。”

“老板，咱们这个产品不能同别人拼价格。”来人递过来一根香烟。

“那怎么办？”韩国伟问。

“要做细分市场。”那人不急不忙地答道。

“适合哪些细分市场？”韩国伟身子往前倾。

“我来之前考察了一下小型挖掘机市场，发现大家拼价格拼得很厉害，不能这么干，会拼死一大批的。”那人还是不急的样子。

“你觉得我们要做哪些细分市场？”韩国伟继续追问。

“我觉得有两个细分市场可以去开拓的，一个是果园，您看看全国有多少果园，我们要开发专门针对果园用的一吨机，就够我们吃的了。”

“对啊，我们现在就在开发，第二个呢？”韩国伟问。

“我以前办过养猪场，干了八年，对养猪行业，特别是大型养猪场很熟悉。”

“养猪还要用挖掘机？”老韩来了兴趣。

“是啊，首先是清理猪粪，现在找不到人做，我们改良一下挖掘机机头就可以了，一个大型养猪场至少要用到五十台。”

“要这么多吗？”

“当然，还有一个工序要用。”

“什么？”

“上料。”

“上料？”

“是的，现在全部养猪场每天上料的地方都是人工在弄，脏不说，还累啊，找不到人做。我自己做这一行太清楚了，如果我们针对这个岗位开发上料机，其实照样只是换个机头而已。”那人得意地说。

“是吗？”

“是吗？您算算全国有多少养猪场，需要多少上料机？”那人掰着手指。

“这个需要产品研发的，没那么简单。”韩国伟说。

“非常简单，换个机头就好。”那人信心满满地答道。

董德才问：“你为什么不养猪了呢？”

那人扭过头，递过来一支烟，说：“不瞒您说，一是竞争太激烈，没有什么利润；二是这个东西太脏了，自己都受不了了，天天挨周围村里人的骂。过年的时候，那些打工的回来，堵在门口骂。”

“哦，你要求什么待遇？”韩国伟问。

“给点底薪吃饭，按每台提成算就行。”那人说。

“可以，就这么定，你明天就过来上班。”韩国伟拍了下茶台，爽快地答应了。

2019年4月3日，中午。

接近中午十二点，韩国伟一个老朋友从山东过来了。他要找武钢销售部的人谈钢材供应的事情。

“我找武钢的人一起吃午饭，边吃边谈吧。”韩国伟扭头对董德才说，“你也一起。”又对着电话说，“是我一个发小同学。”

“合适吗？”

“没问题，都是自家兄弟。”

就在武钢销售总公司旁边，韩国伟找了一家湘菜馆，把武钢销售总公司的供销科长约出来了。科长又带了两个人过来。

“喝点什么酒？”韩国伟先问。

供销科长说：“我们下午要上班不能喝，你们可以喝点。”

韩国伟不再说什么，拿过来一瓶苦荞酒，说：“我们四个人分了，没问题吧？”

山东来的王总，起身端起酒瓶，拿过来四个大玻璃杯，一瓶刚好四杯。

董德才知道自己喝不了多少，本想拦住王总，韩国伟在旁边摇摇手。董德才顺手把自己手机里面的微信二维码找出来，起身递给在座的人。

“加个微信，加强联系。”董德才说。

一一加上，加到科长，科长惊讶：“我们还是一个县的老乡啊。幸会幸会！”

韩国伟笑道：“你跟我一个县的，他是我发小同学，你说我们仨能不是老乡吗？”大家都哈哈大笑起来。

菜上来，韩国伟给他们一一介绍，又端起杯子一一敬酒。

酒过三巡，山东来的王总对科长说：“我们公司专门提供汽车用的钢材，工厂在山东，销售渠道在全国，全国这些汽车制造品牌基本都有合作。”

科长问：“主要是哪些品类？”

“底盘钢居多，”王总递过去一张清单，“这上面是最近的品类表。”

科长看了一眼，“哦，数量都不大啊！”

“是啊，现在不像以前，您也知道，汽车厂家特别是新能源车厂，一般都是先做几千的量，能卖得出去才下大单，卖不出去根本就不做了。”

“那倒也是。”科长赞同。

“我们打听到了，您这里这些品类应该都有。”王总不再转弯抹角。

“有是有，”科长也说起亮话，“但如果只有您这个量，开不了工啊，硬要做也不是不可以，但成本及各种打样费都不得了啊！”

“我这些都是新能源车使用的，各大品牌车的车架、底盘用材都一样的，您这里跟他们都有往来的。”

“是的。”科长承认。

“他们其实都在您这里订的，有的是直接找你们，也有像我们这样，转加工的。”王总有点试探的意思。

“基本都是跟我们武钢直接订的。”科长说。

王总端起酒杯敬酒，科长端茶，说：“不好意思，我喝这个。”

韩国伟这时候端起酒杯，对科长说：“对你们来说，车间加工是一样的。”

“这个倒是，”科长说，“但我们集团从去年 9 月开始就一直强调不接转手订单了。”

“其实不矛盾，您本来就在做这些品类，我这点加上去一起做一点问题都没有，还能节约一些开模等费用。”

“这个要我们集团分管领导批的。”科长对着韩国伟说。

“是肖总吗？”韩国伟问。

“是的。”科长说。

“那问题不大，肖总这人很好的，只要利润方面能达到集团要求，你们也都可以的。”韩国伟其实跟肖总很熟。

“但跟一手订单空间完全不一样。”科长认真地说。

“也不是的，你也看了我们的采购价格，比一手订单少不了多少。”王总又拿过自己的清单。

韩国伟又举杯一一敬酒，又一次介绍董德才：“我同学，回来过清明，顺路过来看看我。”

王总举杯，“科长您看？”

韩国伟拿杯子去碰科长的茶杯，说：“科长就帮下忙，把他这个解决了。”

科长喝口茶，点下头道：“那这样吧，我下午先跟我们肖总汇报下。”

韩国伟说：“那肯定没问题的！”

王总再次举杯：“谢谢科长！”

2019年4月3日，晚上。

韩国伟带董德才去洗了个脚，又帮他在附近酒店开了间房。

董德才洗完澡赶紧打开酒店的电脑，找到某猫入驻入口，查询入驻条件。再查看某东，入驻条件稍微宽些，但都需要缴纳保证金。

董德才把这些表格下载好，截屏一并发给自己的老板。不一会儿，老板回复：我们先把网站做好再说。

董德才回了老板一个“好的”手势，倒头便睡。

2019年4月4日，上午。

董德才起床到楼下吃了个早餐，又买了些水果。上楼敲门进韩国伟家，却没看到韩国伟的爸爸。

董德才问：“你爸爸呢？”

韩国伟支支吾吾，说：“他在幸福院。”

“幸福院？”董德才一时没反应过来。

“养老院。”韩国伟说。

“养老院？怎么啦？”

韩国伟看了下厨房方向，他老婆在里面洗菜。“年后就要去养老院了。”

董德才看看厨房又看看韩国伟，明白了一些事情，便提出去养老院去看看韩爸爸。韩国伟开始在犹豫，无奈董德才执意要去看，韩国伟只得开车一起到了养老院。

爬上三楼，一个中年护工正给韩爸爸喂饭。

一看到董德才，韩爸爸开心地说：“你是德才吧？快过来！”

三十多年没见了，董德才的眼泪都下来了。

“你们是来接我回家的吗？”

这句话问得韩国伟径直低下头。

董德才看着韩爸爸，说：“伯伯！您先吃饭。”

韩国伟嘴巴动了动，硬是没出声。董德才把韩国伟拉到一边，问：“怎么回事？”

“德才。”韩爸爸在房间叫。

董德才赶紧过去，喊道：“伯伯。”韩国伟跟进来。

“伯伯，我们是来接您回去的，您先吃完饭，我们去办公室办下手续。”董德才下了一个很大的决心。

“好好，那我赶快吃。”韩爸爸高兴起来。

“您不用急，没这么快的。”

“还是德才好。”韩爸爸用手指着韩国伟。

“不是的，是国伟带我一起过来接您回家的。”董德才说。

董德才安抚好韩爸爸，拉着韩国伟下楼，坐在大树下面。

“你爸爸不愿意住在这里，时间长了，肯定不行。”董德才神情很凝重地说。

“我也知道啊，但我也没有办法，大家都看着我。”韩国伟都要哭了。

“你哥哥那里不能住吗？”董德才问。

“一言难尽。”

“你弟弟在你厂里做什么工种？”董德才又问。

“大弟弟做技术，最小的弟弟做杂工。”

“那小弟弟夫妻俩一个月挣多少钱？”

“也就五千块左右吧。”

“那我给你出个主意，让你小弟弟回老家，专门照顾你爸爸，他肯不肯去？”董德才问道。

“不知道他愿不愿意？”老韩没把握。

“你给钱，他自然会去的。”董德才却很有把握地说。

“怎么给钱？给多少？”

“这样，你爸爸退休一个月一千五，你和你哥、两个弟弟再一个月给他六千，他一个月有七千五，他自然会回去的。”

“这样，我哥和他们会不会同意？”韩国伟还是没把握。

“首先你同不同意？”董德才盯着老韩的眼睛。

“我绝对没问题！”韩国伟大声说。

“六千块，你拿四千，你哥和大弟弟各拿一千，怎么样？”董德才问他。

“我可以，但是怎么跟他们几个说？”韩国伟说。

“你负责说服你老婆就行了，其他人我来说。”韩国伟的几个兄弟都认识董德才。

董德才先打电话给韩国伟的小弟弟，小弟弟犹豫着不敢答应。“你跟你老婆商量下，我一会儿再打给你吧。”董德才说。

韩国伟的大哥非常赞同，他说：“我其实也说过这个办法，但他们都不听，这下好了，你一个外人来说更好。”

一会儿小弟弟打电话来，支支吾吾：“我们愿意回去专门照顾爸爸，就怕他们到时候不给钱。”

“怎么可能？”董德才莫名其妙地问道。

“会的，以前就发生过。”小弟弟电话里面小声地说。

“国伟，这个你要出面承诺。”董德才看着韩国伟，语气坚定地说道。

“没问题啊！”韩国伟大声说起来，“这个就当作原来发工资一样按月给，两个大弟弟的我直接在他们工资里面扣出来打给你，大哥的也不会有问题，他一定会给的。”

“大哥的，我不怕。”小弟弟在电话里面继续说。

“那就是你的啦。”董德才对着韩国伟说，“你们这兄弟做的！”

“我没问题啊！”韩国伟恨不得发誓。

董德才对着话筒说：“你放心，你哥不给我来给。”

“哪能让你给。”韩国伟忙说。

“我是说如果他们没给你，你找我。”董德才不理韩国伟，继续对他小弟弟说。

“怎么可能？”韩国伟在旁边急了，“我们一家人的事情。”

“还一家人，你看看你们！”

韩国伟不敢再出声，低下头。

“这样，说好了，我们现在就让你爸爸出院，下午跟我一起回老家，让你小弟弟夫妻俩一起跟我们回去。”

“下午？太急了吧？”

“就下午，办完手续直接走，不去你家了。你能说服你老婆吗？我不想看到你们夫妻为这个事情吵架。”

“没问题。”

韩爸爸听说下午就要回老家了，非常高兴！

2019 年 4 月 4 日，下午。

董德才带着韩爸爸、小弟弟夫妻俩，租了一辆车往老家方向走。一路上，韩爸爸一改在养老院里面病恹恹的样子，眉飞色舞，变得很健谈。

小弟弟说：“很久没有看到爸爸这么高兴了！”

韩爸爸瞪了小弟弟一眼，说：“那养老院里面每天都有人过世，吓都要吓死，哪还吃得下饭啊！”

董德才对小弟弟说：“你那几个嫂子，背地里肯定恨死我了，以后我都不敢到你们家来了。”

“不会的。”小弟弟媳妇忙说，“其实我们几个兄弟家关系还是不错的，一直以来只是没有人从中调解，就都这个样子了。其实也都知道这个样子会让老人家心寒的。”

董德才暗暗佩服这个小媳妇。

韩爸爸也说：“小儿媳很贤惠的。”

董德才心里说，那就好，这以后在一起生活，韩爸爸不会受委屈了。

一路欢歌笑语，两个多小时就到了杨家村。小弟弟打开车门执意要留董德才一起吃晚饭。

董德才说："你这个家里几个月没住人，火都烧不起来，今晚上就不要开火了，我们到镇上找个饭店吃一点，算我请你爸爸。这么多年了，今天在养老院，你爸爸能一眼认出我来，真的很难得！"

2019年4月4日，晚上。

从武汉租来的出租车又把他们拉到镇上，董德才抢着要付车费，小弟弟忙跑过来压住他的手，说："哥啊，千万别这样，不要再让我心里难受。"

董德才愣了一下，对小弟弟竖起大拇指。

在镇上一个饭店里面，小弟弟叫了一桌子菜，围着韩爸爸一起吃饭。韩爸爸再也不是养老院里面那个要别人喂饭的老人家了，居然自己能拿起碗筷，很利索地吃。小弟弟夫妻俩轮流给韩爸爸夹菜。

董德才折腾了一天，也是确实饿了，埋头吃饭。吃到一半，同村伙伴董大海打电话过来。

"听说你回来了，在哪里？"董大海还是那个公鸭嗓。

董德才吞下一口饭，"在镇上吃饭呢。"

"那你等下，我过去接你。"董大海说。

不到二十分钟，董大海就到了饭店。董德才起身假装找卫生间，到前台把单买了，回头叮嘱小弟弟要照顾好韩爸爸，有什么事情就给他打电话。

“德才哥，你就放心吧，这个本来就是我们家里的事情，一直也是我们的一块心病，今天被你一下子给解决了，真的很谢谢你！”小弟弟拉着董德才的手不肯松开。

“不能这么说，我跟你二哥是同学，也是你爸爸看着长大的，”董德才转脸说，“伯伯，我要回家了，您以后在家里要好好休息，有时间我会去看您的。”

“德才，有时间一定要来看我。多亏你了，我这几个儿子，唉，在那个养老院我腿脚都不行，你看，一回到家，精神就好了，我本来就没有什么病的！”韩爸爸也拉过董德才的手。

告别他们，董德才跟着董大海到他开好的包厢。

推门进去，十几个人在里面，摆好啤酒等着了。董德才一看都是一个村的，一起长大的伙伴。

“听说深圳的大老板回来了，我们都来沾沾光。”董育宝端着杯子凑上来。

“你们这些人，”董德才感受到热情，“大海，我还没回到家的，我爸爸还在家里等着我呢。”

“不怕，我已经跟你爸爸说了，我们一起吃饭，吃完了就回去。”董大海拍着胸脯说。

董德才端起啤酒杯，同来的人一一喝上了。

同村的几个人围上来又要喝酒，董德才端着啤酒杯又一个个喝了一圈。

“唱歌，唱歌。”董大海大声说。

“好啊！”董德才也来了精神。

《父亲》《母亲》一路唱下来，啤酒就喝了三箱。几个酒量一般的已经红着脸迷迷糊糊地要睡着了。

大家一直闹到半夜一点，董德才说：“大海，要回了，我爸爸还留着门呢。”

“好，回了。”董大海没再坚持。

董德才到家，已经是快深夜两点了。

他爸爸说：“吃个饭怎么弄得这么晚！”

2019 年 4 月 5 日，上午。

早晨七点不到，董德才还在迷迷糊糊地睡着，姐夫的电话就打过来了。

“昨天什么时候到家的？”姐夫声音很大。

“深夜两点才到。”董德才回答。

“这么晚？”

“被大海拉去吃饭了。”董德才说。

“起来了没？我一会儿过来，要带点什么菜吗？”

“哦，那要问问爸爸。”董德才真有点不想起来。

“好吧，我打电话给爸，你也要起来，等下有人过来家里玩。”姐夫叮嘱道。

“好吧，我已经起来了。”董德才翻身下床。

下楼发现父亲已经弄好早餐了，父亲端出来一碟花生米、一盘煎鸡蛋。

稀饭还没吃完，大妹、二妹就进来了。

董德才说：“你们这么早就来了？”

“过来帮爸爸做饭，不早点哪行？”二妹递过来一袋子菜，有五花肉、几条黄骨鱼。

“就知道哥哥喜欢吃这个鱼！”大妹得意地说。

“是啊，我在外面这么多年还是喜欢吃这个黄骨鱼。”董德才很受用。

“家里的黄骨鱼跟外面的不一样，野生的，外面的是养的，差很多。”

“是的。”董德才心里感动了。

“哥，别吃了，”大妹说，“先弄几条给你单独吃。”

父亲在旁边笑，“好啊，先弄几条吧。”

董德才放下碗筷，把鱼提到水槽边，用手直接掐断黄骨鱼的鳍，往下一拉，把鱼内脏扔掉，熟练地洗起来。

“哥哥，这么多年还没有忘记做黄骨鱼。”大妹有点羡慕。

“那当然，”董德才说，“原来爸爸说他小时候，黄骨鱼没有人吃的，我记得我小时候弄到黄骨鱼也都扔掉，现在越来越贵了。”说话间，他已经把黄骨鱼倒进滚烫的油锅，香气便弥漫起来。

几个人围站在锅边，仿佛又回到了小时候。

“小时候，你们几个天天围着你娘的锅台。”父亲说。

“那个时候又没什么吃的。”大妹说。

“是啊，一个鸡蛋你娘还用刀切开分给你们吃。”父亲又要抹眼泪了。

一会儿，喷香的黄骨鱼端上桌。

“要不要喝点酒？”父亲问。

“您喝不喝？”董德才问父亲。

“我也喝一点。”

“您喝，我就陪您喝点。”

大妹搬出家里的谷酒，刚喝几口酒，姐夫和姐姐走进屋。

“早上也喝酒？”姐夫大大咧咧地坐下来。

“来，你也喝点。”父亲说。

“好啊，这鱼可以啊，哪个弄来的？”

“我。”二妹答道。

“这还差不多，上次在你家里那个鱼一点都不好，不香。”姐夫指着鱼说。

“也要会做。”大妹说。

“这个谁做的？”姐夫问二妹。

“哥哥做的。”大妹说。

“这手艺没有退步，还挺好吃的，来，喝几杯。”姐夫招呼父亲和董德才喝酒，“大妹，去把那几个菜也做了。”他指着他带来的鳜鱼、虾。

大妹说：“我早餐没吃就要干活？”

“你跟二妹轮流做。”几个人嘻嘻哈哈正说着，小妹和小妹夫提着一袋菜进来。

“你们这是吃什么饭？早饭还是中饭？”小妹夫问。

“管他什么饭！你们吃了早饭了吧？”董德才说。

“我们吃了早饭。”小妹说。

“你们吃了早饭这就是中饭，我们没吃早饭的就算是早饭，早饭、中饭一起。”姐姐笑着说。

小妹哈哈大笑起来。这边酒杯又倒上，那边几个菜也起锅，端出来堆满了一桌。

“爸爸，”董德才招呼父亲上桌，“来吧一起吃，管他早饭、中饭，一起吃，吃饱算完。”

父亲脱下身上的围裙，重新端起酒杯。

这顿早不早、午不午的饭，一直吃到十二点多钟。

2019年4月5日，下午。

下午两点钟左右，大家围着桌子聊天。

“去你娘坟上看看吧。”父亲一声令下。

姐夫颤巍巍地站起来，走啦。

姐姐过来拍他，“你看，又喝醉了吧！”

“没有醉，今天你弟弟回来，深圳的老板来了，我不得多陪几杯嘛！”姐夫不承认喝多。

董德才上前，扶住姐夫，“没事，没事，一起走吧。”

父亲早就准备好了一小碗饭、一碟肉、一杯茶，小妹用一个塑料桶装上。大妹、二妹捧着纸钱和花。

“带个扫把，把坟前面打扫干净点。”父亲在后面叮嘱。

“好的，知道，”董德才说，“爸您不用担心，我们知道怎么弄，您就在家好好休息吧。”

穿过整个村子，来到母亲的坟前，大家放下手中的东西，拿起扫把。先把前面和四周都扫干净了，摆上饭菜茶，点上香，烧着纸钱。董德才拿出烟，给男的都发了一根。小妹夫点着了鞭炮，又点着了一盒烟花。

母亲的坟前弥漫起浓浓的白烟。

董德才久久地看着母亲的坟墓，想起了以前的种种，鼻子有点酸了。

姐夫拉着大家，“来，都过来，大家都过来拜一下，让妈保佑我们。”

“妈妈，”姐姐对着坟墓说，“我们来看您了，德才也回来看您了，烧了钱给您，不要舍不得花啊。”

“妈，”董德才也说，“我们都来了，您放心，大家都很好。爸的身体也很好，不要担心。”

姐夫退到边上靠近了一棵树，小声念叨：“妈妈，多保佑我们。”

面前的纸钱堆红红地烧起来，大家围着不断往里面扔纸钱，火红印到四周人的脸上。好一会儿，纸钱慢慢烧完了，董德才用根树枝扒拉开，好让它烧尽。

终于，姐姐说：“好了，回去吧。”

“妈妈，”董德才又对着母亲坟说，“我们回去了，我明年还会回来看您的，年年都会来的。”

大家随姐姐往回走。董德才让她们先回家，他自己一个人走到村子前面的老屋，想走走看看。

一路上村子里的人都热情地跟他打着招呼。

几年前村子前面就建了一条高铁线路，每天都有几十趟列车呼啸而过。

董德才看着飞驰的列车，抬头看看空旷的天空，一时间不知今夕是何年。

穿过记忆中的田野，董德才信步来到村子里面修的公墓。

他清楚地记得，爷爷在世时曾摸着他的头告诉他：这片山是专门埋坟的，我们家的祖宗都埋在这里。

他走进那片墓碑，仔细辨认上面的名字，看到好几个同村人的名字，一个最近时间的是七天前去世的，还有几个年龄比自己还要小的，心里一遍遍地默念，也有了人生如戏的感慨。

看完茫然地往家的方向走，董德才掏出手机给姐夫打个电话说，晚上他请家里人一起到镇上吃饭。

“在家里吃吧？”姐夫说。

“不用，懒得弄。”董德才说完，收了手机。

2019年4月5日，晚上。

晚上，一家人围着父亲坐在镇上董德才昨天吃饭的小包间。父亲正埋怨董德才浪费钱时，服务员上菜了。

董德才告诉老板，按八百块钱的规格上菜，具体菜品你自己看着办，要好吃不怕贵，钱不够再加。结果是甲鱼、虾、野兔、牛肉、鳗鱼都上了，把大家看得有点目瞪口呆的意思。

董德才端起一杯酒，先敬父亲一杯，“您一个人在家多保重身体。”

父亲喝了一口，说：“你们在外面好好奋斗，我自己一个人在家挺好的，起码现在身体还很好。”

董德才说：“爸啊，还是到深圳去吧，我不放心您一个人在家。”

“你不用担心，我现在身体没问题，村子里有很多一起长大的伙伴，天天一起打打牌、聊聊天，挺好的。”父亲一脸的满足。

“我真不放心您啊！”董德才又说。

“不用惦记，现在我还好，真到了不能动了，那我不愿意去也要去，再说，你娘还在这里，我怎么能自己走掉呢！”父亲一仰脖，自己喝了一杯酒。

董德才扭过脸去，鼻子又有点酸了，定了一下神，端起杯子说：“我跟姐姐姐夫、妹妹妹夫喝一杯吧。妈妈生病的时候，我没有办法天天在身边伺候，是你们床前床后忙活的，我谢谢你们！”

姐姐抢过话题说：“这些就不说了，是你妈妈也是我们的妈妈，大家心情是一样的。”

董德才说：“我这么多年在外面关照不到家里，很惭愧！”

姐夫说：“没有什么，你在外面混得好，我们脸上也有光。”

妹夫端起酒杯说：“哥，我们这几年过得都挺好的，你在外面要多保重。”

大妹也举起酒杯：“哥在外面要注意下自己身体，听说你血糖有点高，千万要注意。”

父亲说：“千万不用忘记吃药啊！”

“我会的，”董德才说，“我现在这么大年纪，知道了，这条命不是自己一个人的，上有老下有小，一身的责任，自己没有资格放弃。”

父亲点点头。

这时董大海走进来，端着杯子同大家又喝了好几杯。

大家吃好后，姐姐姐夫、妹妹妹夫一起回家，董德才随董大海一起到饭店楼上喝茶。

2019年4月6日，上午。

吃过早饭，董德才同父亲告别，问还有没有钱用。

“我有钱，现在政府政策好，我一年有六千多块钱，你姐姐、妹妹逢年过节还给我点钱。我在家都不怎么花钱，不用你给。”父亲说。

董大海开车硬是把董德才送到武汉高铁站。

董德才老婆打电话过来，“怎么样？上车没？”

“到了武汉了，”董德才说，“马上就进站上车了。”

“你怎么到的武汉？”他老婆问。

“大海送我来的。”董德才说。

“那么远要人家送，那多不好！”他老婆有点埋怨董德才。

“没事，大海不是外人。”董德才说。

董大海也对着手机说：“嫂子，没事，能有机会送下深圳的老板，是我的荣幸。”

“哈哈，”他老婆在电话里面笑起来，“还老板？大海，有时间来深圳玩，让我们家老董带你去海边。”

董大海在旁边大声答应说：“好！好！好！”

“老董，”他老婆问，“老家下雨没？”

“没有啊。”

“深圳也没有下雨，也真是啊，今年清明怎么不下雨呢？”他老婆在电话里面很夸张地说。

“对啊，今年清明节就是没下雨啊。”董德才也没想明白。

董德才买的车票是十二点多的，他刚进候车室，广播就通知验票上车了。他坐上武汉到深圳的动车，在车上给韩国伟发了条微信：“刚飘过你的领地。”

一会儿，韩国伟回：“收到，一路顺风！”

2019年4月6日，下午。

下午四点左右到达深圳北站，董德才走出车站，拿出手机。韩国伟的小弟弟发来信息：“哥，到深圳了吗？”

董德才眼睛有点热了，回了句：“到了！”

韩国伟的小弟弟回：“谢谢哥！”

董德才没有再回他的信息，打开微信公众号的朋友圈，挑选出九张照片，配上文字：“这个清明节，无雨。”

选　举

一

深圳作为中国改革开放的前沿城市，发展速度越来越快。这里是一个移民城市，人口中超过百分之九十是外地人，毫不客气地说是这些外地人在深圳努力工作、勤奋创业带来了深圳的繁荣。2017 年国家出台《关于营造企业家健康成长环境弘扬优秀企业家精神更好发挥企业家作用的意见》，俗称“企业家精神”文件后，全国各地异地商会如雨后春笋般冒出来。

江海涛是东江省吴洲市人，吴洲市在深圳号称有十万人口，老乡企业有近千家。2011 年在陈有为倡导下成立了深圳市吴洲商会，江海涛是商会九个发起人之一，商会办公地在深坑区。深坑派出所所长江一新跟江海涛是同一个村的。只是江一新从小在外面读书，后来又去当兵，转业分配到了深圳。

江海涛则是初中没读完便辍学，去学烧窑，后来到深圳打工，奋斗了十几年，开了这个小加工厂。两个人说起来还算是堂兄弟，但接触少。倒是邻村的黄正宇跟江一新走得比较近，其实他们俩八辈子都够不到一起。

江一新转业来深圳时，黄正宇还在一个玩具厂做车工，经过几年折腾，黄正宇有了这家维度大酒店。维度大酒店因为属于深坑派出所的管理辖区，在工作往来上黄正宇就认识了江一新，一来二去就成了好朋友，平时交往比江海涛更亲了一些。

二

深圳市吴洲商会成立并注册有三年了，会长陈有为是做电视机的，头两年生意还可以，等到了第三年商会要换届，他的电视机公司却碰到了发展瓶颈。他自己其实有点想连任这个会长，无奈经济实力下降，只得提前提出不再连任。这个商会的会长不是什么官位，不需要组织任命，按理说含金量不高，但也是事在人为。这身份用得好还是很有用的，所以还是有人争的。吴良就很想当这个会长。

吴良是江海涛一个乡的正宗老乡。早年在东江省中医药学校读过一年书，没毕业就去当兵了。退伍回到老家，跟父亲一起到杭州做装修，不幸的是，父亲在工地上弄伤了腰，不能再干重体力活了。父子俩一起回到老家，做过几个月彩色豆腐，还做过几个月的榨油房，也想过开个药店，结果都没成功。最后，他拿着家里仅有的几百块钱南下深圳谋生。

刚来深圳时，吴良像个无头苍蝇般四处碰壁，后来只得在位于松岗的一个塑胶厂当保安。吴良有一米八的个子，人长得算不上很帅，但很白净，也有着超出他年龄的老成。塑胶厂的老板姓董，是重庆梁平人，1997 年就来了深圳，厂子不大也没有什么生意，老板好像也不怎么管事，天天在外面跑。偶尔到厂子里来，吴良都凑上去聊几句，一来二去，老板对吴良有了好印象。那天吴良在值班室接到老板的电话，让他找财务拿一万块钱送到福田的一个小区，交给陈小姐。吴良没多想，拿着钱打了个车去到在福田区新洲路上的那个豪华小区。

按响了的门铃，一个年轻女子探出头来问找谁。

“董总让我来的。”吴良说。

“哦，老董，他没来？”女人接过钱没有让吴良进屋的意思。

“老板送货去了。”吴良打着圆场。

回来后，老板也没有问过什么，好像这个事情没有发生过一样。不到一个月，董老板又让吴良送钱过去，这次吴良得以进入那个房子。房子不大，但是装修很豪华，很精致。也知道那个女子叫陈娟，是董老板的朋友，在外面投资了一些生意，自己不用亲自去打理，月月有分红。陈娟在董老板的厂子就有一部分股份，吴良去送的就是厂子分红。陈娟还有个习惯就是喜欢拿现金。

钱送到第四次或者第五次时，吴良碰到陈娟生病了，高烧不退。吴良马上打了个车，把她送到深圳市妇幼保健院挂急诊，在等着打针输液时，陈娟与吴良聊了很多，相互有了了解。

接触久了，两人就产生了感情。陈娟后来嫁给了吴良，生下来一对双胞胎。陈娟经济条件很好，她每个月拿出两万给吴良零花。起初几个月，吴良什么事情都不做，整天就混着，后来发现这样不行，便跟陈娟商量要开个公司。

陈娟刚开始不同意，说你也没什么技术又不懂管理，怎么做公司，耐不住吴良天天说，最后陈娟拿出一些钱，帮吴良注册了一个贸易公司，做一款减肥茶的代理商。

现在的吴良一家四口人，男主人气宇轩昂事业有成，女主人年轻漂亮持家有道，两个儿子活泼可爱，春风得意。

两年前，吴良通过一个老乡介绍认识了陈有为，加入了深圳市吴洲商会，做了常务理事。吴良有时做事不讨人喜欢，商会里面有部分人对他颇有微词，但出于对陈有为会长的尊重，再加上常务理事在商会里面有几十个，也就没人计较了。

那天是一个朋友请吴良吃饭，就在黄正宇的维度大酒店。吃完饭在下楼的电梯里面，碰巧遇到黄正宇。吴良一看，这不是家里人吗？黄正宇也隐约认出了吴良，便请他到一楼办公室喝茶。他们的老家都在吴洲的城乡结合部，分属不同的乡镇，但只隔着中间一条河，他们年龄相差不大，小时候还一起到河里洗过澡，捞过鱼什么的。各自聊着奋斗经历，感叹岁月如刀，还发现他们都加入了深圳市吴洲商会，只是吴良很少去开会，在商会就没见过面。

三

那天江海涛的女儿说牙有点疼，他便拉着她去中心医院三楼牙科看牙。

正排着队，手机上叮咚一声提示“您的QQ号在另一部设备上上线，如果不是您自己操作，请阻止”。江海涛没细想，以为是老婆在电脑上登录他的QQ，就没太在意。不一会儿，手机又叮咚一声，微信上提示“您账户被QQ号操作锁定”。他想了想，没明白，觉得有点莫名其妙，不知道是什么情况。

一会儿黄正宇打电话过来，“海涛，你怎么啦？”

“没有什么啊。”江海涛奇怪地说，“带着女儿在看牙。”

“那你问我借钱干吗？”黄正宇说。

“没有啊。”

“没有啊，”黄正宇有点醒悟了，“哦，知道了，赶快看看，你QQ号是不是被盗了？赶快看看，微信能不能用？”

江海涛这时候也逐渐反应过来，打开微信一看，已经上不了，提示已屏蔽，需要通过QQ上线才能解开，打开QQ发现密码不对，一想肯定是被改了。这下江海涛慌了，盘算着QQ和微信关联账户上的钱。

不一会儿，陆续接到十几个电话，问他为什么要借钱。江海涛一一告诉他们，自己的QQ号被盗了，不要理他们。停顿了一下，马上打电话给自己外甥女，外甥女在广州上大学，印象中她比较懂这些。外甥女不等舅舅说完，马上说：“赶快给腾讯客服打电话，先让他们冻结你的账号。”

江海涛好不容易打通腾讯人工服务电话，正要说话，医院广播里面喊女儿名字，江海涛告诉客服“稍等一下”，把女儿送到三号诊室医生那里，简单说了几句，退出来，对着腾讯客服说：“快，快帮我把账号冻结起来。”

“对不起，请您提供密码。”客户声音很好听。

“我的QQ号码被盗了，密码被他们改了，我这个手机号码是原来登记的号码啊。”江海涛说。

“对不起，您说的这个QQ号的关联手机号码已经不是这个号码了，您如果不能提供QQ号的登录密码，我无法判断您是不是这个QQ号的主人。您还需要别其他服务吗？”

江海涛这下头大了，有点懵，那边腾讯的客服已经挂断了电话。

这时女儿在里面开门叫他，他只得进去。

医生交代江海涛要去交检查费了，拿到检查结果以后再过来看看。

江海涛退出去，打了四个电话。第一个电话打给工厂的文员小徐，让她在工厂的QQ群和微信群里面都发一条信息，说自己QQ号被盗了，有人打着他的旗号借钱千万不要理会。第二是打给在老家的哥哥，让他在家庭的QQ群和微信群里面都发一条信息，说他的 QQ 号被偷了，有人打着他的旗号借钱，不要理会。哥哥问：“什么是 QQ 被偷？”“哥，别问了赶快发信息。”第三个电话打给同学老高，让他在小学、中学同学的 QQ 群和微信群里面赶快都发一条信息，说他的 QQ 号被盗了，有人打着他的旗号借钱不要理会。老高好像要问什么，江海涛说不要问了，赶快发信息，老高说好吧。第四个电话打给深圳市吴洲商会会长陈有为，让他在商会的 QQ 群和微信群里面各发一条信息，说自己 QQ 被盗，有人打着他的旗号借钱千万不要理会，都是骗子。

打完这几个电话，江海涛便拉着女儿跑着去缴费，让女儿去验血窗口排队验血，自己坐到候诊区的铁椅子上给外甥女打电话。

外甥女说：“舅舅啊，你这是碰到了高手，人家不仅盗了你的 QQ 号，改了密码，修改了预留电话号，还顺便关闭了你关联的微信号。”

“那我微信里面的钱有没有被转走？”江海涛很关心这个。

“那倒没有，他只能关闭你的微信，但他没有你的手机卡，也进不了你的微信，即便进了，也没有你的支付密码，也转不走你的钱，这个你放心。”外甥女很老道。

“那一直这样也不是个办法啊，总得把这个号码给我弄回来！”海涛说。

“舅啊，这个您放心，您提供身份证号码和原来注册的手机号，我这边给您弄回来。”

“怎么弄？”江海涛有点不明白。

“舅，这您就不用管了，我来操作。等会您手机收到验证码，您转发给我。”外甥女很有信心。

“好的。”话音未落，吴良的电话打进来了。

“怎么回事？你的QQ号被盗了？”吴良的声音不慌不忙。

“对啊，有人借钱千万别理他。”江海涛忙说。

“晚了，我已经打了钱给他了。”吴良有点慢条斯理。

“你——”

“我怎么了？还不是看你的面子，一听说你急用，我马上打钱，分三次打的，每次打五千，一共一万五千元。”吴良说。

“你也不打个电话给我？”江海涛问，“他怎么跟你说的？”

“先是你QQ联系我，我问什么事，你说微信换了个号，让我加另外一下号。”吴良绘声绘色地说。

“那是我吗？”江海涛都要哭了。

“是啊，就是你的QQ号。然后我就加了另一个微信号，聊了好一会儿，你就让我给你两万块钱，我问你要这么多干吗，你说在外面办事急用，不能让老婆知道。我也不好意思细问，就打给你。本来要分四次的，打到第三次，陈会长告诉我你QQ号被盗了，我就停下来了。”吴良很轻松地说。

“你？”江海涛摇摇头。

“这个钱你可要还给我啊，我可是借给你的，我这里有转账记录。”吴良肯定地说。

“好的，我还，我还。”江海涛咬着牙说。

一个小时过去，女儿的检查结果出来，只是牙龈有点发炎，拿了一些药回去吃吃就可以。外甥女电话也打来了，解决了。

“舅啊，这次密码要设置得复杂一些，不要让人家轻易地就盗走了。”外甥女说。

“那要怎么设？”海涛问。

“像我这样啊，设置了你的名字的大写字母再加上我的电话号码，这样谁也想不到的，就很难破了。”外甥女不愧为高手，年轻人懂得多。

“哦。”江海涛拉着女儿走出了中心医院。

回到家里，江海涛编了一条短信，“各位朋友，今天上午本人 QQ 号被盗，微信被锁定，所有上午八点到下午两点的 QQ、微信信息全部都是骗子所为，请勿信。尤其涉及钱财！给大家带来麻烦，致歉！”发到朋友圈，结果有超过一百个人点赞。

四

那边，吴良和陈有为相约两家人去南昆山旅游度假，吴良带着陈娟和两个儿子提早就到了。

陈有为下午才动身，傍晚到的。江海涛电话打来时，陈有为实际还在深圳呢，马上就打电话给了吴良，吴良电话里说："管他呢，我们按原计划进行。"

度假区里面有一个精致的地方便是别墅区，别墅区一共有十八栋独栋的别墅出租，价格不菲。吴良租了 11 号楼，整栋有三层，一楼是大会客厅，吴良把最好的二楼留给了陈有为，自己住到三楼。

陈有为一家三口到了以后，吴良让陈娟招呼陈有为老婆和孩子，晚饭就在度假村酒楼吃。陈有为老婆说不用去酒楼了，别墅里面什么都有，菜可以打电话让度假村的厨房送过来，就自己做着吃吧。陈娟说："也好，我们俩一起做。"吴良拉着陈有为，说："度假村领导知道陈会长来了，非要我们过去，要去他家里喝酒，孩子不好带过去，你们就在屋子里委屈下，我们过去吃吃饭，聊聊天。"

陈有为跟着吴良来到度假村外面的一个村庄里面，进屋发现已经安排好了饭菜。俩人一直喝到半夜一点，吴良和陈有为才回到 11 号别墅楼。吴良拿出好茶泡起来。这茶一喝，又来了精神，吴良便问起商会的事情。陈有为和盘托出。

陈有为告诉吴良，深坑是深圳原关外，相对市内发展较晚，十年前这里还很乱。吴洲在东江省是一个大县，现在是县级市，人口有一百多万，在深圳的据说超过十万。深坑有很多吴洲人，鼎盛时期随地可以听到吴洲口音。开宾馆、饭店、小加工厂的很多，就像江海涛那样的估计得有几千人。大家在生活上、工作上、生意上，如果能相互有个照应，会更好些。

陈有为继续说：“我和江海涛等九个吴洲人就商量着办一个同乡会吧，大家背井离乡来到这里发展，以后有什么事情大家都有个照应。于是先由我们九个人发起的同乡会，才有后来的商会。江一新刚开始是在分局治安科，对我们都挺好的，只要是合法合规的事情，找到他都能帮忙。成立同乡会，他不仅同意，还给我们参谋，让大家如何合作一起在深圳发展。我们都很尊重他。”

“原来如此。”吴良给陈有为倒上茶。

“商会还有一个灵魂人物是黄晶，就是那个深坑中心医院的副院长。他一开始跟我们并不是太熟悉，是因为老乡找他看病、联系医院等事情多了就熟了。他也肯帮忙，在老乡圈子里面渐渐有了很高的威望，他说的话在商会里面也是畅通无阻的。”陈有为继续说。

“我现在的情况，一是自己生意做得不是太好，也到了商会要换届了，下半年一定要下来。”陈有为推心置腹起来。“感觉你可以担当起来，你主要做投融资，不像他们那些做工厂实业的，你有时间，外面又有不少好的资源可以帮助商会发展。”

吴良有点受宠若惊。

两人又喝了会儿茶，陈有为便回二楼睡觉。推开房门，老婆正坐在床上玩手机。“怎么还没睡？”陈有为问了句。他老婆说：“这不是等你嘛。”

陈有为在卫生间洗完澡，不知道怎么回事，脚底一打滑，摔了一跤。夫妻二人一夜无话，第二天陈有为却起不了床了，疼，钻心地疼。他老婆忙叫来吴良，吴良打电话给度假村管理处，来了个医生。医生问了下情况，便叫来救护车送他附近医院拍片检查。检查结果出来，断了两根肋骨。

本来是特意过来度假村泡温泉的，结果温泉没泡成。吴良找朋友安排了一辆车把陈有为专程送回深圳，一直送到了黄晶的深坑中心医院。他自己和陈娟在度假村多待了一天才回来。

五

陈有为住进病房，黄晶到快下班才有时间过来，一来便问陈有为的具体情况。陈有为告诉了黄晶。黄晶笑了笑，“你的情况要多做点检查，不过目前来看，问题也不大。”

吴良一回到深圳便提着水果篮去看望陈有为，陈有为让他去黄晶那里坐一下。黄晶刚刚从横岗医院会诊回来，招呼吴良先坐着。

那天晚上，吴良便把黄晶约出来一起吃饭。席间，陈有为打电话过来，说起吴良要接任商会会长的事情。黄晶没有明确表态。这时，黄晶的儿子电话打进来了。

“爸爸，打钱给我。”儿子在电话里面哭。

“又怎么啦？”黄晶显然不是第一次被讹。

“我不还钱，他们不让我走。”儿子恐惧的声音。

“你欠了什么钱？”黄晶眉毛紧锁，“欠了多少钱？”

“就是上次施工的材料款，总共三百万。”他儿子说。

“不是说好过段时间还吗？”黄晶急切地问。

“他们不同意，说我这个工程时间太长，他们急用钱。”儿子的哭声传来。

“唉！”黄晶拍了一下桌子。原来黄晶儿子在外面做了工程，结果由于甲方的原因，工程一直没有进行下去，也就没法与甲方结账，但是卖材料给他儿子的供应商却急用钱，这次请他儿子去谈判，结果说不给钱就不让人走。

吴良在旁边听得很清楚，便问在哪里。凤岗，吴良一听就说：“是五联吧，那个水库里面的荔枝林？”

“是的。”儿子在电话里面抢答。

吴良把手放到嘴上，让黄晶不要说话，用自己的手机拨通了一个电话：“吕哥，您好！”

电话里面是一个懒散的声音，吴良一直赔着笑。

“吕哥，”吴良说，“吕哥，那个小伙子是我朋友的儿子，工程款的事情，我们会尽快解决，我做担保！”

电话里面就没有一句完整的话，哼哼唧唧的。

“吕哥，”吴良继续说，“您看这样行吗？我明天一早提一百万送过去，您让他先回来，后面有什么事情，您找我。”

电话里面还是不清不楚的声音，一会儿便挂断了。

吴良回头对黄晶说：“妥了，黄院长放心，你儿子的事情解决了，晚上就回来了。”

黄晶倒满一杯酒，对着吴良一仰脖子喝下去。

“谢谢了！”

“不用谢，都是家里人，以后有事情还得找您帮忙呢。”吴良也仰脖喝下了那杯酒。

听说陈有为住院，江海涛也提着个水果篮去看他。坐下后，江海涛问陈会长这是怎么啦。

“自己摔了一跤。”陈有为并不愿意把实情告诉江海涛。

“还骗兄弟？我什么都知道的。”江海涛说。

“你知道什么？吴良告诉你的？”陈有为有点不爽。

“你说呢？”江海涛不想再说这件事情了。

陈有为知道江海涛跟吴良走得近，便问起吴良的事情：“听说他是个保安？”

“是啊，他当兵回来做保安的。”江海涛还以为陈有为早就知道了，便把吴良怎么发迹的事情一五一十地说了，也说了吴良所有的房产都在陈娟名下，他的公司也是陈娟拿钱开的。每个月陈娟给他两万块钱零花不够花，他便想办法弄一些减肥茶、红酒什么的来卖，挣一些差价。

陈有为突然有点担心吴良的实力，他这个情况怎么能接商会会长的位子呢。江海涛听说吴良要做会长也大吃一惊。

这时，护士长进来换药。

“谁？吴良？他要做会长？”

护士长也是吴洲人，跟陈有为和江海涛他们都很熟。

陈有为忙打圆场，说：“没有，只是大家在商量，还要商会理事会选举的。现在还不能乱传出去的。”

护士长笑笑，端着换药的盘子出去了。

几天后，商会监事长和秘书长来医院看陈有为，说到了吴良报名参选会长的事情。陈有为叹了一口气，知道自己可能做了一件错事，没有办法挽回了，但也只能这样了。

六

吴洲市政协领导率教育参访团来深圳，深圳市吴洲商会在双龙湖山庄接待。因为陈有为还在住院，招待会由监事长罗长兴主持，在深圳各个部门机关的老乡只要能来的都来了，深坑派出所所长江一新和深坑中心医院副院长黄晶也到场。

席间，江一新和黄晶都向家乡来的领导重点介绍了吴良的创业史，并提到他有到家乡投资兴业的意向。黄来发则把同行的教育局长、招商局局长和旅游局局长叫过来，为吴良一一介绍。吴良同家乡各位领导互相留了微信等联系方式。

趁热打铁，吴良第二天晚上就在同一个地方请商会全体理事会成员吃饭，理事会里面四十八个人中除了出差的几个人共来了三十八个，坐满了四桌。

江海涛接到吴良电话说要吃饭时，便答应了要来。后面吴良打电话给其他理事时就说：“你看江海涛都要来，你怎么能不来呢？”弄得别人有点下不来台，纷纷打电话给江海涛。江海涛一开始只是随口答应的，没想到这吴良还打着他的旗号叫其他人，想起陈有为在医院说的话，便打电话给吴良推辞了，说自己在观澜突然有事情回不来。

那场饭局很成功，吴良把一起吃饭的照片不断地发到商会的微信群里面，他当场宣布参选深圳市吴洲商会会长，得到到场的三十多个理事成员的响应，是一场直播的参选会。

正热闹的时候，吴良还打了电话给江海涛，催他赶快到现场。“你怎么回事？快一点过来，这里都沸腾了，气氛很热烈。”江海涛其实烦的就是他这一点，心说这个家伙怎么这个样子，便继续说自己在观澜，后面催急了，便说在回来的路上，堵车。再打电话来，就干脆关机了。

那个晚上，吴良同一大堆支持者在一起，玩得很高兴。

第三天晚上吴良和江一新、江海涛的见面是在一个古香古色的茶馆里面喝茶。

三人刚坐好，女服务员跟进来，微笑着问："老板，请问要喝哪种茶？"

"就来一壶绿茶吧，解暑。"江一新抢先说。

"好的，来一壶上好的西湖龙井，明前茶。"吴良说。

"好的。"服务员转身出去。

"江哥，看来对茶叶有研究啊。"江海涛笑着说。

江一新伸手捶了江海涛一下。不一会儿，服务员把茶冲好，放到三人面前。

江一新端起茶杯，轻轻地吹了吹水面飘着的茶叶，品了一口，放下茶杯说："不错，不错，是极好的茶叶，爽口、润喉、沁肺、醒脑。这喝好茶，首先是茶叶要好，其次是讲究用水，泉水为上，江水为中，井水为下，再就是冲泡方法，茶具。"

吴良鼓起掌来。

吴良也是趁着江一新心情好直接提出他想接任商会会长的事情。江一新放下茶杯，看着吴良，劝他不要去搅这个浑水，意义不大。

吴良告诉他，自己并不是有什么企图，一是陈有为会长现在生意碰到困难，要把精力放到公司去，所以自己才会考虑这件事情；二是自己在做的公司属贸易性质，不是做工厂，相对有时间；再一个，目前还是报名，商会里面还没有人报名，自己也是想带一个头，好给其他人做个榜样，积极来参选，决不是打压其他人。

“哦，”江一新一直看着吴良，“如果你真是这个想法，我可以支持你。但你现在的行为有些夸张，要当会长必须树立正面形象，你要收敛起来，多做正能量的事情。”

吴良忙说：“那当然，我今年就答应吴洲中学，捐赠学费给高考上一本线的十名学生。”

“这就很好，这就很好。”江一新点点头。

一壶茶喝下来，三人浑身都清爽起来。

深圳市吴洲商会第一届第六次理事会议如期举行，会议将投票推举第二届商会会长人选，再报会员代表大会选举。陈有为的腰还在恢复阶段，人还在医院，无法参加。会议由监事长罗长兴主持。参加会议的是商会六十四个理事会成员，加上商会创会九名成员。创会会员本来有几个都已经不是理事会成员了，按理可以不参加这个会议的。吴良一个个地单独去动员他们，并说给商会的新人多多指点。

报名竞选会长的一共有三个人，其实都是有一些实力，也都有不少支持者的。按照会议议程，参加竞选人员逐一发言，再由理事会成员投票，原则是得票多并且超过半数的人当选。

吴良第一个上台发言。

“各位老乡、各位企业家，大家下午好！”吴良清了清嗓子，“我是吴良，是商会的常务理事。参加会长竞选的想法很朴素，我们都来自同一个地方，我们老家是一个民风淳朴的地方，我们在深圳也一定能够相处很好，也一定要互相帮衬。商会就是在深圳的吴洲人的家、娘家，大家有什么困难和委屈，我们大家一起来解决。”

吴良的声音略显颤抖，“商会要发展，需要一个好的带头人，需要一个好的管理团队，需要好的管理方法。如果我当选会长，一定团结一切可以团结的力量，与大家齐心协力把各项工作做好。”

“我没有太多的言语，”吴良最后说，“大家看我的行动。为了商会的发展，在以后的商会活动中需要经费的，全部由我来赞助。”

吴良的话说完时，全场鸦雀无声，几秒钟后掌声雷动。他把钱放在演讲台上，自己走下来。

第二个上场发言的竞选人，站在台上说了一通商会发展前景，便宣布自己退出竞选。

第三个上台的竞选人则直接说，我支持吴良作为会长候选人，也支持吴良担任我们商会下一届会长，带领大家走上一个新的台阶。

事情就这样出现了戏剧性变化，做好的选票也成了一张废纸。主持会议的监事长罗长兴与几个常务副会长低头商量了一下，便宣布把投票改为举手表决。

“支持吴良作为深圳市吴洲商会第二届理事会会长候选人的请举手。”罗长兴大声地说。

先是那几个创始成员高高地举起了手，随后大部分理事成员也都举起了手，最后几个人左右看看，也都犹犹豫豫地举起了手。

“我高兴地宣布，”罗长兴大声说，“吴良当选深圳市吴洲商会第二届理事会会长候选人，递交深圳市吴洲商会第二届会员代表大会选举。”

七

理事会开得很热闹、很成功。江海涛作为商会常务理事也到场了，散会时在门口，他拦住吴良，问要不要去庆祝下。

吴良说：“当然，你找一个好一点的地方，大家乐一下。”

江海涛说，那就“人间天堂”吧，就在隔壁，近，够档次。

十几人走进“人间天堂”三楼 888 包房时，里面已经摆上了水果盘和酒。江海涛忙招呼大家坐下，“吴会长一会儿就到，大家随意。”

不一会儿，吴良被几个人簇拥着走进来。江海涛端起杯，“大家敬吴会长一杯，希望他带领我们继续吃喝玩乐。”众人都笑起来，吴良很受用，跟大家一一碰杯。

大家走马灯一样，都上来跟吴良碰杯，祝贺什么的。

黄正宇端着酒杯，走着猫步问吴良：“打不打牌？娱乐娱乐。”吴良说：“好啊。”“去我酒店，方便。”黄正宇说。吴良点出几个人，“走，去维度。”

吴良一帮人一走，这边剩下几个人在唱歌。江海涛本来也想去打牌，一想这边没有人招呼不好便留下来。

维度酒店的六楼棋牌室。打“三公”自然是吴良坐庄，为了活跃气氛，这输赢是要带“彩头”的。

这边 KTV 里面，几个人本来也是兴致盎然的，慢慢地看到主角吴良走了，没有再回来的意思，心里盘算着费用怎么办。江海涛看出这个苗头了，便说：“兄弟们放心喝，放心唱，一切我买单。”其实他心里也是指望吴良再回来买单的。

那边棋牌室，吴良手气并不好。

这边 KTV 里面，原先的几个人唱着唱着也都找各种借口走了，剩下服务员坐在江海涛旁边玩手机等着人买单。江海涛一看没什么人了，便打电话叫了两个朋友过来一起喝酒。又过了一会儿，还是没有吴良的音讯，江海涛便给吴良打电话。

那边吴良正在兴头上，说：“什么事？说啊。”

“今天是你高兴的日子，”江海涛说，“可这个酒喝得不开心啊。”

“你喝得开不开心关我什么事？”吴良大声地说，口气十分不满。

江海涛旁边的朋友问：“这什么人？这么嚣张？”

“我们新当选的会长。”江海涛像吞了只苍蝇。

“请人唱歌，还不想买单。这种人还能当会长？”

江海涛想想觉得说得没错，这还没正式当选就这样不守诚信，他承诺对商会的赞助指不定也是“空头支票”，为了商会的发展，不能让他当选。“

想到这里，他端起酒对朋友说道：“不管了，我们喝。”

一直喝到凌晨两点打烊。江海涛叫来服务员买单，一共消费九千六百元，小一万块了。

“吴良这个二百五。”江海涛边刷信用卡边心里狠狠地说。

三个月后的深圳市吴洲商会会员代表大会上，陈有为连任理事会会长。

兄　弟

朱梦来在老乡曹正春公司里面做生产副总，平时工作非常忙，这次是女朋友毛小钰来成都学习，自己跟老曹请了几天假一起来了。

在成都的这几天，可以说是朱梦来这段时间最开心最充实的几天。毛小钰忙的时候，他自己一个人到处转悠。毛小钰忙完了，两人一起在大街小巷里寻觅地道的美食，毛小钰这是要把朱梦来也培养成吃货的节奏。一路上，毛小钰俨然一副专业人士的架势，给朱梦来普及方方面面的美食知识。朱梦来也算是个好学的人，还真跟着毛小钰学到了不少东西。

就这样，朱梦来在成都愉快地待了将近一个星期时间，按照原本的计划，朱梦来是打算等毛小钰学习期满后，跟她一起返回深圳，但是，在第六天，朱梦来接到了一个从深圳打来的电话，电话是他介绍的生产车间主任打过来的。

接通电话后，车间主任说的事情，让朱梦来这几天的好心情一下子烟消云散了。生产车间主任语气很愤怒。他跟朱梦来说，他被美华年轮公司解雇了，问朱梦来知不知道。朱梦来当即一头雾水，他事先根本没有得到半点消息。朱梦来反问这个老员工："你是不是严重违反了公司的规章制度？"

"绝对没有，这几天我正处于适应阶段，自我感觉还良好呢，和新同事相处得也不错，但是今天早上，突然接到人事部的通知，说我被解雇了，简直莫名其妙嘛！"生产车间主任的语气愤愤不平。

"你稍安毋躁，我给曹正春打个电话，问问他究竟是什么原因。"朱梦来细声安慰了几句他特招的生产车间主任。挂断电话后，朱梦来直接找到曹正春的电话，拨了过去。

曹正春电话接得很快，能听得出来，他的心情似乎很不错，问道："朱梦来，你人在哪儿呢？怎么突然想起给我打电话了？是不是准备回来上班了？"

"我在成都，老曹，我特招的那个生产车间主任，你把他解雇了？究竟是什么原因，为什么突然要解雇他？"朱梦来说话的语气不是很好。人是他苦口婆心挖过来的，结果呢，人家屁股还没坐热，竟然被单方面解雇了，这事儿搁谁头上都生气。

"哦，原来是这件事儿啊，我还以为你打电话过来有什么大事呢！是这样的，朱梦来，这件事儿我本来打算等你回来后再跟你说的，不想因为这点小事，扰了你休假的兴致。这个车间主任的业务水平确实不错，但是，他的管理理念，与我们公司的理念不合，没办法，为了大局着想，我只能做出这样的选择。"曹正春把解雇人家的理由，说得不是太清晰，模模糊糊的，听起来像是在特意隐瞒着什么。

“是不是胡雪峰又在中间插手了？”听了曹正春的解释，朱梦来感觉自己整颗心都又沉下去了。

“跟老胡没啥关系。朱梦来，你是不是又小心眼了？”曹正春笑着打趣了一句。在他看来，只不过是开除一个车间主任嘛，又不是多大的事，朱梦来这样兴师动众地打电话过来，反而显得有些小家子气了。

“曹正春，曹总，我对你很失望，就这样吧。”朱梦来懒得再跟曹正春多说了，他的心情很不好，有种乌云密布的感觉。在朱梦来看来，曹正春这次这样行事，实在太过分了些。不管怎样，人是他招过来的，不管与公司理念合不合，还是其中有其他什么隐情，你要解雇人家，至少要跟他商量一下啊，但是现在呢，他感觉曹正春完全把自己当成了空气。这种不被重视的感觉，让他心里非常不舒服。

“朱梦来，你这是什么态度？这样说话，就有些太过分了啊！”曹正春也不是什么好人，他今天心情确实挺不错的，但是朱梦来这个电话让他的好心情不翼而飞了。

“我过分？曹正春，你自己拍着胸口好好想想，不声不响地解雇生产车间主任这件事，究竟是你过分还是我过分？再怎么样，人也是我出面招过来的，你要解雇人，总得告诉我一声吧？现在人家直接把电话打到了我这里，搞得我一头雾水，你让我跟人家怎么说？曹正春，你让我太失望了！”朱梦来脾气上来的时候，就算面前站着天王老子也不行，非要发泄出去才甘心。他现在真的很生气，越想心里的怒火越旺盛。

朱梦来一时不知道是自己变了，还是曹正春变了。按理说，两个人共患过难，是无话不说的好兄弟，怎么临到门要享福了，反而不断地搞出一桩又一桩的事情。当初自己犹豫要不要接受曹正春的邀请来美华年轮公司上班，就是担心眼下这种局面。他也知道自己是什么样子的脾气。在工作当中，朱梦来奉行一就是一、二就是二的原则，他不喜欢把私人的事和工作上的事搅和到一起，因为在朱梦来看来，公私不分家是典型的不专业行为。

今天生产车间主任被解雇这件事，在朱梦来看来，对公的话，他完全找不到解雇人家的理由，反而于私来说，朱梦来随便能找到不下十条理由和借口。曹正春在电话里模棱两可的解释，更是加深了朱梦来的猜测和怀疑，什么与公司的理念不合，简直就是在胡说，理念还不是人造就出来的？既然其他人都能合，他招过来的这个生产车间主任怎么就不能合了？

“不行，这件事不能就这么算了！曹正春，我马上赶回去，我要一个完整的、能说服我的理由，否则我不同意解雇他。”朱梦来语气态度非常坚决，流露出一股不容置疑的味道。

“朱梦来，朱总，你摆正自己的位置，我才是美华年轮公司的总经理，在公司里面，我做的决定，才是最终决策，你们要做的，就是根据我下达的最终指示，完成各项指标任务，你懂不懂这点，朱梦来？”曹正春的火气也上来了。说完沉默了一会儿，曹正春心里有些后悔了。他知道，他的话说得太重了，尤其以朱梦来的脾气，他这番话，着实是在把朱梦来往外面推。

果然，电话另一头，朱梦来听了曹正春说的话，忍不住愣了一下，然后说：“曹正春，你这话是什么意思？”他语气冰冷，显得很冷漠，在这一瞬间，朱梦来心里几乎马上冒出了一个想法，但是被他硬生生地压下去了，他要听曹正春把话再说一遍。

“朱总，你别放在心上，是我把话说得重了一些，毕竟我们两个都在气头上。这样吧，电话里一时说不清楚，你先回来，等你回来之后，我备上点酒菜，我们两个当面详谈。”说完，曹正春推说他还忙着有事，就不跟朱梦来多说了，直接挂断了电话。

朱梦来拿着电话，愣了好半天。毛小钰不在身边，朱梦来也没给她打电话，直接给她发了一条短信，说公司有急事，需要他马上赶回去处理，等她回深圳的时候，他亲自去接机。随后，朱梦来第一时间订好了最近的航班。这件事，生产车间主任把电话打到他这儿来，就是明着跟朱梦来要一个说法，如果朱梦来不能给他一个正当的理由，以后这个员工，恐怕就要和朱梦来永远地划清界限了。人和人交往，信任只有一次，破坏了再想挽回，就是一件极为困难的事了。

朱梦来赶回深圳，他直接提着行李来到了美华年轮公司曹正春的办公室。

“回来了？看你着急的，成都是个好地方，山好水好人也美好，哈哈哈，怎么样，这次去那边玩得开心吗？”曹正春大笑着走过来，主动帮朱梦来提行李。

“本来挺开心的，但是接到生产车间主任被解雇的电话，我的好心情就彻底没了，我要听你说实话，究竟为什么要解雇人家？”

“你还揪着这件事不放啊？”曹正春的表情有些无奈地看着朱梦来。他搞不懂，朱梦来为什么要抓着这件事不放呢？难道真如同胡雪峰说的，朱梦来招这个生产车间主任进来，明着是为公司着想，实际在暗地里，他是想在公司里安插自己人，排除异己？

这个极具阴谋论的想法一冒出来，曹正春自己都被吓了一大跳，他随即暗中坚定地摇了摇头。据他的了解，朱梦来根本就不是那种要心眼的人，不然，他们两个也不会成为非常要好的朋友。

最终，这件事并没有谈清楚，两人针尖对麦芒，谁也不让谁，最后直接闹得不欢而散了。

朱梦来离开后，曹正春的眉头皱了起来，他盯着朱梦来离开的背影怔怔失神。在办公椅上坐了好半天，曹正春这才拿起电话，拨到人事部，说："弄一份招聘广告，我们美华年轮公司需要一个有能力有责任有经验的厂长。"

"曹总，这块不是朱副总负责的吗？"人事部员工多嘴问了一句。

曹正春突然有些烦躁，说："让你招聘你就招聘，废话这么多干什么？朱副总事很多，总不能每天搞这些鸡毛蒜皮的事吧？"说完，曹正春啪一声挂断电话。真是的，他的心情，本来就被朱梦来搞得非常不愉快，这个人事部员工还要触他霉头，真是该死。

再说朱梦来这边，回到家后，朱梦来心里那种身心疲惫的感觉，再次回到了身上。前段时间，公司上下面对各种困难的时候，朱梦来每天虽然很累，但累得很舒心，不像现在，朱梦来感觉自己从里到外都是沉重的，就像身上绑着一块四五十斤重的铅块似的，他感觉自己已经被折腾得没有精力了。

而那边呢，曹正春回到家，那个从宜宾老家特意过来陪他的女朋友，已经给曹正春做好了饭。她叫陈芸，皮肤白皙，五官精致，身材修长饱满，穿着打扮很时尚，浑身上下透露出一股青春的活力。

陈芸哼着歌，心情很愉快，她今天特意打扮过，化了一层浅浅的淡妆，把她五官姣好之处，表现得淋漓尽致。

“正春，我一个人在家待得好无聊啊，从明天开始，我想去你公司上班。”陈芸搂着曹正春的脖子，在他脸上亲了一口，可劲地撒娇。

曹正春今天被朱梦来搞得一身火气，但面对自己喜欢的女人，他虽然心里有火，愣是忍着没有发泄出来。他拉着陈芸软绵绵的嫩滑小手，揉搓着说：“别添乱了，我的那间公司是生产家具的，都是男人干的工作，你过去能干吗？闲得没事儿就上街逛逛，深圳城区建设还是很不错的。”

“不要，我要去公司里上班。”陈芸继续撒娇。

曹正春就是不同意。一来二去地，两人争吵起来，最后，陈芸气呼呼地回到卧室，砰的一声，把门关死了。

曹正春一个人坐在沙发上，怔怔出神，在公司，有不顺心的事缠着他，回家后，小女友又不懂事。曹正春头疼地揉着眉心，他怎么感觉今天这么不顺心呢。

曹正春一个人生了会儿闷气，想要出去透透气，顺便喝点小酒的时候，卧室门打开了，陈芸噘着小嘴探出了脑袋，精致的脸蛋上布满幽怨的表情，眼泪汪汪地看着曹正春，问：“你要去哪里？”

曹正春一看陈芸的表情，顿时没辙了，只好叹口气，屁颠屁颠地回到沙发上坐下了。陈芸脸上飞快地闪过一丝喜色，她三步并作两步跑出卧室，直接扑进曹正春的怀里，搂着曹正春的脖子，柔声问道："今天公司里有烦心事吗？对不起，我不会不理解你的。"

曹正春再次叹了一口气，索性把今天在公司里遇到的不痛快的事情都说了出来。

曹正春虽然对人事部负责人下达了招聘厂长的指令，但其实说心里话，他并不开心，像做了什么见不得人的事一般，这种感觉，让他的心情非常烦躁。

"朱梦来……他是不是上次在老家的时候，你叫过来一起吃饭的那位？"陈芸心里对朱梦来有印象，毕竟朱梦来的气质摆在那儿，对于像陈芸这种年轻女孩的吸引力，是非常大的。当时，从曹正春那里得知朱梦来目前单身的时候，陈芸心里还冒出了一个想法，倒不是说她自己想对朱梦来怎么样，而是她打算把自己身边的小姐妹，介绍给朱梦来。

"嗯，没错，就是那个朱梦来。"曹正春点了点头，说，"朱梦来的能力确实非常出色，他上任后，帮助公司渡过了一个又一个难关。这次公司之所以能从烂泥潭里拔出来，跟朱梦来有着不可分割的关系。"朱梦来在公司里的表现，曹正春都看在了眼里，但才能归才能，朱梦来在公司里的某些做法，在曹正春看来，有些过于古板了。

还有一点曹正春没有说，那就是当朱梦来在公司里出尽了风头的时候，他心里冒出一股仿佛被压了一头的感觉。曹正春是个占有欲很强的主导者，不喜欢看到这种事情在他身上发生，有他在的地方，他就想做中心人物。但是朱梦来在公司里的表现，似乎抢占了他的地位。

“我支持你，在公司里，你是总经理，你最大，虽然朱梦来很有才能，但他首先要摆正自己的位置，对待上级，就要有对待上级的态度。朱梦来太自以为是了，招聘新厂长不算什么大事，你不用有压力，敲打敲打朱梦来的傲气，肯定有百利而无一害。”听了曹正春讲述的事情经过，陈芸心里开始为曹正春愤愤不平了。

“嗯，我确实不该有太大的压力，毕竟我又没有做错什么事。”陈芸支持自己，这让曹正春的心情高兴了些，只不过，他总感觉有什么不好的事要发生。

那边，朱梦来回家在沙发上睡着了。电话响了，他才慵懒地拿起手机，来电显示，是毛小钰的名字。他坐直了身体，努力调节了一下自身的情绪，又清了清嗓子，按下通话键。

“小钰，你忙完了？吃了吗？”在面对毛小钰的时候，朱梦来完全没有表现出丝毫的负面情绪，在成都待了五六天，他和毛小钰的感情进展得很迅速，两人对对方的称呼更近了一步。从毛小钰主动给朱梦来打电话来看，在毛小钰心里，朱梦来已经迈进去了一只脚，这是个好兆头。想到这里，朱梦来嘴角不禁勾勒出一个幸福的微笑。

“嗯，你那边事情处理得怎么样了？”毛小钰看到了朱梦来发的短信，心里有些担心他，不知道工作上的事情进展顺不顺利。

“非常顺利，都已经解决了，小钰，我真想再去成都找你啊，回到深圳，我发现成都的美食让人无法忘怀。瞧，我已经快要被你同化了，现在已经开心地向吃货的行列迈进了。”朱梦来开了个小玩笑。

效果不错，果然把毛小钰逗得笑了一声，两人略显甜蜜地煲了一会儿电话粥。朱梦来的活力彻底回来了。

跟毛小钰挂断电话后，朱梦来哼着小曲洗了澡，就像是要把烦心事都洗刷掉一般。洗完澡出来，朱梦来拿起手机，看到上面有三个未接电话，都是毛明生打过来的。毛明生是毛小钰的表哥，也是美华年轮公司最大的股东。

朱梦来心里有些疑惑，都这个时间了，毛明生给他打电话有什么事吗？还连着打了三个，似乎很急迫的样子。朱梦来给毛明生回了一个电话。听了毛明生在电话里说的事后，朱梦来的好心情，瞬间被破坏了，他心里又冒出了火气，曹正春太过分了！

原来，曹正春吩咐人事部招聘新厂长的事情，本来只有曹正春和那个人事部负责人两个人知道。但是说来也巧，今天公司里一个董事做东，请毛明生吃饭，而那个人事部经理又恰巧与这个董事是非常要好的朋友，三人坐到一起，喝了不少酒，人事部经理半开玩笑地问毛明生，他和朱梦来之间是什么关系，然后跟毛明生讲了曹正春要招聘新厂长的事情。

毛明生听到这个消息后，顿时坐不住了，第一时间摸出电话给朱梦来打了过来。当时朱梦来正在洗澡，没有听见，毛明生连着打了三个，不再打了，他干脆坐在那儿等朱梦来忙完主动打过来。

“朱梦来，曹正春这事做得太不地道了，虽然你去他那工作时间不长，但功劳摆在那呢，他这么做是什么意思？”毛明生替朱梦来生气。毛明生的骨子里有跟朱梦来相近的气质，最看不惯这种钩心斗角的糟心事，意外得知这件事后，天知道毛明生当时心里的火气有多旺盛。

那个人事部负责人说得一点也没错，曹正春的做法，明摆着在削朱梦来的权。朱梦来现在的主要工作，基本上就是把厂长的工作囊括在内了，在这个关键时刻，曹正春其用意，谁都看得明白。

“朱梦来，你打算怎么办？曹正春太欺负人了，我不想给他继续投钱了。”毛明生这个人就是这么爱憎分明，当初他之所以注资帮助美华年轮公司渡过难关，就是因为其中有朱梦来这个牵线人。现在曹正春这样对待朱梦来，毛明生自然没必要给曹正春好脸色了。

和毛小钰通话过后，朱梦来想开了许多，对他来说，他更喜欢更向往那种文人的生活，至于公司工作的事情，完全就是糊口问题。既然这样，他还瞎操什么心呢？把自己的工作做好就是了，至于其他的东西，曹正春，或者其他人，想怎么折腾，就让他们折腾去吧，这就是朱梦来现在的心态。

只不过，虽然朱梦来抱着这样的心态看问题，但是严格说起来，他的心里此时是真的不舒服，因为在他眼里，曹正春是他的朋友，现在朋友对他做出这样明显于他不利的事情，这让他心里有些苦涩。他现在是真的后悔了，当初就不该跟曹正春混在一起，现在两人关系出现了裂痕。

“好了，就这么说定了，让那头蠢猪自己折腾去吧。明天我就通知撤资。”毛明生骂骂咧咧的，倒是把他这个人的脾性展现得淋漓尽致。

朱梦来苦笑一声，没有多说什么，因为钱毕竟是毛明生自己的。毛明生跟朱梦来在电话里发泄了一通之后挂断电话，第一时间联系手下的财务人员，连夜着手核算撤资事宜，特别雷厉风行。

第二天早晨，正为自己的小手段暗自得意的曹正春，接到董事会秘书的电话。瞬间，整个人差点惊得炸了。他当即从被窝里钻了出来，音量提高了八度：“什么？毛明生要撤资？为什么？他可是我们美华年轮公司最大的股东，公司的情况刚有所好转，他在这个当口撤资，不是等于把我们公司重新往火坑里推吗？”

“朱总，毛董事已经做出了这个决定，他属下的财务人员、律师团队，正在跟我们公司的相关部门交涉，我是抽空出来给您打电话的，您亲自来一趟公司吧。”那个员工也知道毛明生在这个时候撤资，会多么危险，但这种事情，像他这种公司员工根本插不上话，高层之间的事，还得高层自己出面解决。

曹正春当机立断，飞快地穿衣服，说：“尽量拖时间，我半个小时，不，二十分钟，最多二十分钟就到公司。”曹正春仿佛火烧眉毛一般，急促无比。

“正春，出什么事了吗？怎么这么心急火燎的？”睡眼惺忪的陈芸，揉了揉眼睛，看着着急慌忙的曹正春，表情困顿地问了一句。

“睡你的觉，别跟我废话，忙着呢！”曹正春心情不好，直接回呛了陈芸一句。

陈芸腾一下坐了起来，披头散发地瞪着曹正春。她是个正值青春的小丫头，在她看来，她是跟曹正春是正经地谈恋爱，曹正春这样跟她说话，是对她非常严重的不尊重。

“你竟然骂人？曹正春，你还算不算男人，骂女人算什么本事？在外面受了气，回到家跟自己的女人发火，我呸！什么东西！我真是看走眼了！”平白无故地被骂了，陈芸心头火大：你在外面受气，凭什么在我身上撒火？

“我再说一遍，现在烦着呢。”曹正春找袜子找不到，在这个当口，听到陈芸竟然上来跟他找麻烦，曹正春顿时破口大骂起来。

“好哇！曹正春，你竟然这样跟我说话，今天你必须把话说清楚，否则，别想出这个门。”气头上的陈芸非常彪悍。只穿着贴身内衣，直接从床上跳了下来绕过曹正春，砰的一声，把卧室门关上，用身子挡在门口，像尊门神似的，表情愤怒地瞪着曹正春，要讨一个说法。

曹正春没心思搭理陈芸，他时间紧迫，好不容易马马虎虎地穿好了衣服，还光着一只脚丫子，他也不管了，就这样穿上拖鞋，要去卫生间洗漱。

门口堵着火气冲天的陈芸，在此时的曹正春眼里，仿佛一块木头似的。曹正春盯着陈芸的眼睛，不耐烦地说：“赶时间呢，少给我添乱。走开，不然的话，后果自负。”

“哟！还威胁上我吗？你当我是吓大的？曹正春，我告诉你，今天这事你必须跟我说清楚，你凭什么骂我？不说清楚，你今天别想出这个门！”曹正春火大，陈芸火气更大，两人分毫不让地抗争着。

啪！曹正春二话不说，直接推开了陈芸。

陈芸被曹正春推了一个大趔趄，随即反应过来，尖叫着号啕大哭起来，整个人像疯了似的朝曹正春扑过来，手抓脚踹。她一边推打着，一边尖骂着："曹正春，你竟然打女人，今天这事没完！"

几分钟之后，陈芸折腾累了，一屁股坐在了地上，又号啕大哭起来。

曹正春脸色铁青，他的脸被抓破了，这个样子，怎么去公司见人？丢不起这个人呀，他心里暗骂了陈芸一句疯女人，但想想，终归是他不对在先，他先骂了人家，然后又先动手推了人家，活该！曹正春真想给自己两个大嘴巴子，这一大清早，闹得这叫什么事儿啊！

这个时候，电话响了，曹正春拿起来一看，是董事会秘书给他打过来的。曹正春顺手接起了电话，问："情况怎么样了？"

"曹总，核算撤资程序已经结束了，而且，毛明生说了不想见您，他已经带着人离开了。"秘书有些自责，老板交代下来任务，他却没有按照指示完成，这让他的内心深处，有些忐忑不安，担心老板会怪罪他。

"走了？走了好，走了好！"曹正春喃喃说了一句，电话那端的秘书莫名其妙，心想老板是不是得了失心疯，大金主走了，他还说人家走得好，估计是刺激得太严重了吧。

曹正春一屁股坐在床上，心烦意乱地愣愣失神。陈芸还坐在地上号啕大哭着，一边哭，一边骂曹正春混蛋、不是人。一个女人最受不了的事情，就是心爱的男人对她动手。

曹正春不反驳，也不说话，脸上火辣辣的疼得厉害。他心乱如麻，感觉今天真是自己的丧日子，什么都不顺，现在公司里面最大的资金注入方撤资了，公司势必迎来资金周转不灵的恶劣局面，可谓糟糕透顶。家里又闹出这档子事，他自己也挂彩了，曹正春越想越气。

啪！曹正春反手给了自己一巴掌，打了一下不解气，曹正春又连着抽了自己四五个嘴巴，这才停了下来。现在他也不知道该怎么办，事情简直就是一团糟，乱如麻呀！

陈芸被曹正春的突然举动吓了一跳，她不哭了，坐在那儿盯着曹正春直勾勾地看着，看了好一会儿，陈芸突然一声不吭地站起来，面无表情地翻找到自己的衣服穿好，然后二话不说找出行李箱，开始收拾衣服。

“你要干吗？”曹正春急了，忍不住问了一句。

陈芸不说话，收拾东西的速度更快了。

“要走是不是？好！走得远远的！”曹正春瞪着眼睛，眼眶里血丝密布。

陈芸娇俏的脸上，露出一丝冷笑，依旧没有说话。

她脸上的冷笑表情，再次把曹正春刺激到了。曹正春语气阴沉，看着陈芸说：“你自己收拾吧，我今天就撂下一句话，如果你今天带着行李箱出了这个门，以后就别想再踏进来了。咱们就彻底分手！”说完，曹正春拉开卧室门走了出去。

曹正春太郁闷了，大清早的想喝点酒，喝得醉醺醺的那种，他要把这些烦心事都抛开。

曹正春走了。独自收拾行李的陈芸，脸上这才露出哀伤幽怨的表情，她一屁股坐在床上，泪水不由自主地流下来，无声地哭了好一会儿。然后，咬了咬牙，脸上露出坚定的表情，她又站起来，开始收拾打包了一半的行李箱……

“朱梦来，你在哪里？陪我出来坐会儿吧。”

朱梦来刚从外面锻炼回来，顺便吃了个早点，准备再洗个热水澡，然后去上班。接到曹正春的电话，朱梦来心里有了猜测，他暗叹一声，知道毛明生昨天跟他在电话里说的话不是气话，毛明生是真的付诸行动了。

曹正春的语气有些不太对劲，听起来情绪很糟糕的样子。虽然现在他们两个人的关系已经远没有刚进入公司时那么亲密了，但两人毕竟曾经是非常要好的朋友。朱梦来感到曹正春的状态不太对，还是忍不住开口安慰了曹正春一句：“你还好吧？这世上的事，有时候就是这样，想开点吧。”

“我不想听其他话，朱梦来，我就问你一句话，你现在在哪里？能不能出来陪我坐会儿，我想喝酒，好好地喝上一顿。”

曹正春声音低沉，完全没了以前的意气风发。

“好吧，你这会儿人在哪里？我过去找你。”朱梦来再次暗中叹了口气。其实在他心里，也有许多话想跟曹正春聊聊，今天曹正春主动邀请他，或许是一个契机。

朱梦来来到一间散酒铺子，这是深圳的一家老店，自酿酒，量虽然不大，但在深圳很有名气，味道醇香，很受人追捧。

曹正春跟人来这里喝过一次之后，就成了这家老店的忠实顾客，再加上他家离这里并不算太远，平常没什么事情的时候，他也会时不时地来这间老店里小酌几杯。

看到曹正春的模样，朱梦来不由吃了一惊，曹正春脸上的“伤势”，让人很容易就能联想到些什么。看来曹正春今天是真的想醉。

朱梦来没有多说废话，走过去重新开了一壶酒，给自己倒了满满一杯，一饮而尽。

看到朱梦来的做派，曹正春放声大笑，说：“好，来，干！”

“干！”两人你一杯我一杯。

“跟小陈闹别扭了？”朱梦来问了一句。

曹正春沉默，然后点头，接着又主动喝酒。

朱梦来陪了一杯，抓了两粒花生米丢到嘴里，嚼着吃了，问：“毛明生撤资了？”

曹正春再次沉默，然后端着一杯酒一饮而尽，他双眼直勾勾地盯着朱梦来，问："你在背后挑事了？"

朱梦来苦笑一声，心里有些悲哀，他没有回避曹正春咄咄逼人的眼神，就这么跟曹正春对视着，问曹正春："依照你对我的了解，我是那种背后搞动作的小人吗？"

"嗯，你不是，我是，我才是那种背后搞动作的小人。"曹正春颇为自嘲地笑了一声，和朱梦来碰了一下酒杯，两人把杯中酒一饮而尽。

两人聊了太多东西，追忆以前的美好时光，但只是追忆，短短几个月的上下级相处模式，改变了太多东西，他们心里都知道，他们两个人的朋友交情，或许这辈子都回不到以前那样肝胆相照的状态了。

友情也好，爱情也罢，不管你是青年还是壮年，即便如同朱梦来、曹正春这样步入中年，一旦出现了某种不可逆转的裂痕，裂痕就是裂痕，只会扩散，不会自动消失，这就是现实。

"朱梦来，你会跟我一起干下去吧？你不会跟我提出辞职的，对不对？"曹正春喝高了，醉眼蒙胧，看着朱梦来，曹正春这时候像个孩子。

朱梦来也喝高了，但他感觉自己还很清醒，他脸上露出了笑容，点点头，说："如果毛明生没有撤资，我或许会提出辞呈，但是现在，毛明生撤资了，给公司留下一个烂摊子，我不能走，就算要走，也要等公司彻底翻了身再走。"

“好兄弟，你真是我的好兄弟！朱梦来，哥哥对不住你，哥哥看不得别人比我更风光，你在公司里做出来的成绩，我无论如何是比不上的。哥哥跟你说句大实话，哥哥心里嫉妒你。”曹正春不知道想起了什么，说着说着，泪眼婆娑了。

朱梦来愣了愣，他在背地里胡乱猜想过许多理由，却是万万没有想到，曹正春给他的答案，竟然是这个。他揉了揉鼻子，心里叹了一声，脸上却是露出了笑容，对曹正春说：“好吧，看来我这段时间有些过于锋芒毕露了，我自己竟然没有意识到这点，真是该死，该罚，我自罚一杯酒。”朱梦来一口没干下去，因为喝到一半的时候，他被呛了一下，咳嗽得很厉害，朱梦来心里却很痛快。

两人在醉酒的状态下，谈了许多东西，最后两人勾肩搭背地走出这间老店酒坊，朱梦来直接把曹正春送回了家。

家里很整洁，陈芸不在，她已经走了。下午，曹正春一觉睡醒起来，头疼欲裂。他瞪大眼睛看着天花板，脑袋里浮现出来的场景，就跟做梦似的，而且真的跟做梦非常像，毛明生撤资？开玩笑，好端端的，公司目前形势一片大好，他又不疯，又不是看不到利润，干吗要撤资啊？打女人？更是天大的笑话，我曹正春这辈子，就算死，也不会做出打女人的混账事，对女人动手，只有没本事的窝囊男人才能干出这种事，但凡有点本事的男人，是绝对做不出来的。被女人打？这对曹正春来说，更是一个天大的笑话，哪个女人敢动手打自己？小芸？小芸那么善良，她是那种动手打人的女人吗？

曹正春下意识地伸手抹了一把脸，好疼！这股真切的疼痛感觉，立刻把曹正春唤醒了。他的脑袋里，又冒出许多乱七八糟的事情，曹正春肆无忌惮地想着，仿佛这样想着，才能让他的心情好一些，再好一些。

曹正春心里迷迷糊糊地想着这些东西，他感觉自己就是做了一个悠长无比的梦，他腾地一下坐了起来，头疼欲裂，环顾一圈。他一时间有点蒙，他有种非常陌生的感觉涌上心头，仿佛这间卧室，跟他没有半毛钱关系，实际上，这间屋子，正是他睡了十几年的卧室，但是很奇怪，在曹正春心里，就是会油然生起一股陌生感，这或许是醉酒的人醒来后的通病吧？

“小芸，小芸……”曹正春下意识地张口叫了两声，然后他屏气凝神，像个神经病一样，竖起耳朵听动静，他在想，陈芸的脚步声，会不会突然出现？

静悄悄，安静得简直如同太平间一样，曹正春突然疯了一样，赤着脚在屋子里乱转，他几乎把每个屋子都转遍了，空空荡荡的，没有陈芸的身影。曹正春又像想起了什么东西似的，飞也似地跑到自己的卧室，拉开衣柜门，只有他自己的衣物，陈芸的，一件都没有留下来。

曹正春笑了，笑容有点悲伤，他看着空荡荡的衣柜，喃喃自语："收拾得真干净啊……"曹正春给陈芸打电话，关机，曹正春立即开车去火车站、汽车站、飞机场，该跑的地方都跑遍了，但是一无所获。

回到家后，看着空荡荡的家，曹正春心里有种空荡荡的感觉，有句话说得有道理，就像照着他的生活模子说的：有些人，有些事，有些东西，一旦失去，就是真的失去了。现在曹正春感觉，他确实真的失去了某些东西。

曹正春醉生梦死消沉了五六天，五六天时间过去，他脸上的伤疤好了，心里的伤疤，似乎也跟着好了。曹正春一下子振作起来，他要去公司看看，他要上班，要忙碌，他要把自己用工作充实起来。

来到公司，曹正春没有去他的办公室，而是直接来到朱梦来的办公室。朱梦来正伏在办公桌上做策划，看到曹正春进来，朱梦来语气略带调侃，笑着问了一句："缓过来了？联系上小陈没？"

"缓过来了，小陈算是彻底消失了，罢了，有缘无分，终究怪我能力不够，连自己的情绪都控制不住，活该！"曹正春嘴角也露出了笑容，只不过是自嘲的笑容，他说的是大实话，此时他心里，确实在骂自己傻瓜外加活该。

朱梦来笑着摇摇头，没有继续接曹正春的话，再接下去，曹正春又该伤心了。这几天朱梦来很忙碌，毛明生撤资，资金短缺的状况再次成了公司最大的短板。没有钱，脑袋里有好想法都没办法实施。朱梦来现在准备的这个策划案，如果毛明生没有撤资，如果公司现在资金宽裕的话，他相信，他做的这个策划，绝对能取得空前的成功。

“公司状况怎么样？是不是特别糟糕？还有没有救？”曹正春坐在朱梦来办公桌对面的那张椅子上，问朱梦来公司最近的状况。

“还能支撑，还不是那么糟，只要努力一把，还是有机会上岸的。”朱梦来说着，把他做的方案推到曹正春面前，说：“这是研究出来的新策划方案，你看看有没有什么问题。据我的研究和市场调研，这套方案如果能正常实施的话，绝对会取得空前的成功。”朱梦来说得信心十足。

这是一套经过市场检验的成熟方案，前段时间工作状况复杂，不适宜拿出来实施，这段时间略有好转，在朱梦来看来，应该是正式实施的时候了。曹正春伸手接过朱梦来手里的策划方案，只看了前面两页，直接把方案推了回去，对着朱梦来摇了摇头，说：“这个时候扩大生产规模，承包车间？朱梦来，你怎么想的？如果在毛明生没有撤资的时候，我绝对二话不说，全力支持你的想法，但是现在公司的实际情况，你应该比我更加了解，就目前的状况而言，公司承担不起你的这份策划方案。”

朱梦来有些急迫，眼睛直勾勾地盯着曹正春，眼神非常坚定，说道："不试试怎么知道不行呢？不逼自己一把，又怎么知道自己能不能做到呢？我可以跟你保证，这绝对是一套成熟的方案。承包车间，只是其中一个环节。以前这套方案，在那家台资大型家具生产公司，取得了空前的成功，我认为，我借鉴过来的这套方案，绝对可行。"

曹正春摇摇头，说："朱梦来，毕竟是借鉴过来的东西，环境不一样，家具主打类型和风格也不一样，这套方案，或许在台资家具公司那有用，但是在我们美华年轮公司，不一定能派得上用场。你不用多说了，这个方案不能说服我实施，这件事不要再提了。"曹正春看到朱梦来还想再说什么，直接掐灭了朱梦来最后的希望，说得斩钉截铁，不给他留下任何希望。

"曹正春，你……"朱梦来看着曹正春，心里有不快生起，他刚想说些什么，但脑袋里突然冒出那天和毛小钰通完电话后，他领悟到的东西，工作上的事情，他尽力就好，有些工作他已经做了，但在曹正春这里过不了关，受到阻拦，朱梦来也没有其他更好的办法了。

"好吧，听你的，那你说说你的想法吧，你有没有什么好的办法解决目前的困境？"朱梦来心里的热情消退了不少。本来他以为自己重新焕发了激情，可以利用这股情绪，让自己在公司里做更多的事情，但是现在，他的激情，被曹正春亲手掐灭了。这让朱梦来有些郁闷。

曹正春似乎没有看出朱梦来身上的情绪转变，他反而来了精神，双眼都冒出了光彩，对朱梦来说：“你觉得我们开发出品新家具怎么样？我认为这是一条发财致富的好路子。”

朱梦来脸上露出明显的冷笑，他看着曹正春，反问了一句：“请问开发一套新品家具需要多少资金？更何况，你能保证，新品家具出来，能在第一时间被市场接纳吗？如果做不到被市场接纳，那么这个方案则只有死路一条。”他们两个人，就这样杠上了。

最后，朱梦来再次问曹正春：“好吧，我承认我先前的态度有些过激。曹正春，我们就事论事，你跟我说说你的具体想法，以及新品家具的研究走向。”

曹正春把自己的想法，洋洋洒洒说了一大堆，总之，用他的话来说，就是在家具的风格和花样上，再添加一点新的东西。毕竟，家具本身已经定型了，只能从样式和人们喜好的风格上做做文章了。

朱梦来认真听了曹正春提出的想法后，皱眉沉思了一会儿，摇摇头，依旧表情坚定地给予了否定意见。

曹正春脸色有些难看了，看着朱梦来，用朱梦来说过的话，反击了回去：“不试试怎么知道不行呢？不逼自己一把，又怎么知道自己能不能做到呢？朱梦来，有时候，该放手一搏的时候，就要勇敢地放手一搏。”

“好吧，我们换个谈论方式，这样说下去，就算说到明天，我们两个估计谁也说服不了谁。既然你说开发新品，那么请问，你对新品家具的走向和定义是什么？有没有一套系统的规划方案？你说的这个新，又从哪方面别出心裁呢？以当下家具市场的种类来看，我不认为在原有家具的基础上，还能推出什么新的东西。”

曹正春有点恼怒，他感觉朱梦来是在跟他对着干，再说了，先前不是朱梦来自己叫唤着要搞新家具项目研发吗，怎么现在自己提出来了，朱梦来反而拼了命地反对，这让曹正春心里很不高兴。

“那你来说说你的想法，不搞新品家具研发，你说以我们美华年轮公司目前的处境，该怎么弄？难道你有什么更好的项目吗？”曹正春斜眼看着朱梦来，他心里一万个不相信，朱梦来还能凭空想出一朵花来不成？毕竟家具市场，囊括的东西就这么多，走固有的家具产品路线，肯定是行不通的，在曹正春看来，目前只有开发新的家具产品样式这么一条路。

朱梦来还不知道曹正春心里冒出了这么多“敌对”想法，他笑着点点头，对曹正春说：“没错，我心里确实有个不错的想法，严格说起来，也是开发新品，但跟你说的开发新产品，在本质上有极大的不同。”

曹正春冷笑一声，心里更加确定了先前的想法，朱梦来极力地反对自己，就是在故意跟自己作对，说来说去，他也是要搞新产品开发，却把自己的提议说得一无是处，便说：“朱梦来，我们两个这样争论，真的有意思吗？”

“嗯？什么有意思没意思的？”朱梦来一时间没反应过来，不知道曹正春干吗这样问。

“我的提议是开发新产品，你的提议也是开发新产品，这不是一回事吗？你拼了命反对我提出的提议，有什么用？”

朱梦来笑了一声，又把他先前趴在桌子上鼓捣的方案给曹正春推了过去，笑着说：“曹正春，你刚才看得太不走心了，你再接着往下看，看完我们两个再仔细讨论。”

曹正春心里不快，但还是耐着性子，把朱梦来弄出来的方案仔细看了一遍，越看，曹正春心里越吃惊，朱梦来的计划，做得非常详细，开发方案，生产方案，宣传方案，以及后续的销售推广方案，都罗列得非常详细。

朱梦来提出的研发新品方案，并不是什么简单的样式、风格等方面的创新，而是打算完全推翻现在的家具使用模式，采取一种更加智能更加方便的方式进行研发。

但此刻，曹正春的第一反应，就是朱梦来的想法根本不靠谱，先不说现在的人能不能接受这个东西的问题，光是智能家具的编程软件，就需要互联网技术极为精深的行业技巧，这是跨界的东西，现在来搞，曹正春实在看不出有什么搞头。

“朱梦来，不是我说你，做事情一步一步来，我们现在还没学会走呢，你就想着直接飞，这不是等着摔跟头嘛！”看了朱梦来提供的方案，虽然方案内容很详细，但曹正春给出的答案，依旧是非常坚定的否决，他认为朱梦来好高骛远。

朱梦来心里早就猜到是这个结果,但他还想争取一下,说:“曹正春，我们试一试吧，第一个吃螃蟹的人，永远是最先致富的那批人，不创新，我们怎么求发展，怎么和同行业的家具公司竞争呢？尤其我们美华年轮的品牌，严格说起来，顶多属于杂牌行列,跟知名的家具公司相比,根本没有任何品牌优势。我们现在唯一的出路，就是要想办法走到那些大品牌家具公司的前面，不然的话，我们美华年轮公司未来的发展前景，说句不好听的，也就这样了。”

“不行，我不同意。”曹正春打定主意要反对到底，他说了不行就不行，毕竟现在公司已经没有多余的资金。在现有家具市场上,开发新样式家具,总体来说投资成本还相对小一些，如果按照朱梦来的计划研发的话，曹正春有预感，这个项目，肯定会成为一个烧钱的无底洞，会把公司本来就存在的问题，无限度地放大。他怕公司被朱梦来这个计划彻底拖垮。

“好吧，我服从公司的决定。”朱梦来说，“但我有一个条件，那个生产车间主任要请回来！”

曹正春看了朱梦来一眼，说：“行。”

周末的时候，朱梦来把从成都学习回来的毛小钰接回家，两人一起吃了顿饭。毛小钰问朱梦来最近怎么样。

朱梦来叹了一口气，说道：“在没有利益的时候，兄弟就是兄弟；但有利益的时候，兄弟之间就隔阂了。我把曹正春当兄弟，全心全意地帮他，可惜他为了个人在公司的威望，为了个人的利益，没有把我当兄弟。”

朱梦来说完，略带伤感地唱了起来：

让我掉下眼泪的　不止昨夜的酒

让我依依不舍的　不止你的温柔

余路还要走多久　你攥着我的手

让我感到为难的　是挣扎的自由

……